Las horas muertas

Pepitas de calabaza s. l.
 Apartado de correos n.° 40
 26080 Logroño (La Rioja, Spain)
 pepitas@pepitas.net
 www.pepitas.net

Los aciertos
 c/ Portales 17, 1°
 26001 Logroño (La Rioja, Spain)
 www.pepitas.net/los-aciertos

Cubierta: Alfred Stieglitz

ISBN: 978-84-19689-30-6
Dep. legal: LR-1196-2025

Primera edición, octubre de 2025

JORGE ALACID

Las horas muertas

Para mi hijo Jorge

1. Las horas muertas

Viberti

Viberti vivía siempre atormentado. Torturado por la compañía de todo cuanto odiaba, se aseguraba de tener presentes las cosas que tanto aborrecía, porque no toleraba que se le pudieran olvidar y porque si mantenía viva la llama de todo aquello que le asqueaba le parecía más sencillo incorporar novedades igual de abominables a medida que la vida avanzaba. La fruta escarchada, el tabaco mentolado. La gente sin sentido del humor, los resabiados. Los pusilánimes, los malquedas, los bienquedas y los contadores de chistes. Los cagaprisas, los que entraban en el cine con la película empezada y los vendedores callejeros de lotería, sobre todo si eran inválidos o mutilados de guerra, que alguno quedaba. Odiaba el hachís, el anís dulce y el olor a faria. Odiaba redactar saludas y dar el pésame. Odiaba que le diera órdenes alguien más torpe que él o menos astuto. Odiaba los intermedios, odiaba esperar y por eso concluía que odiaba tanto su trabajo en el Ayuntamiento, porque consistía en eso.

En esperar.

Esperar a que ocurriera algo.

Pero acababa su jornada laboral, día tras día, de lunes a viernes, y nada. Nunca pasaba nada.

Toda esta acumulación de pensamientos, reflexiones, ideas cruzadas a menudo contradictorias, un estado de ánimo propenso a ponerle de mal humor y conducente al hastío le incordiaban en cualquier recado fuera del Ayuntamiento, en toda gestión que le encomendara el alcalde, cada paseo ante la ingrata ventanilla de turno o ante todo trance donde le llevaran sus pasos carentes de norte. Viberti se manejaba por la vida sin mapa. En su actual versión tampoco tenía brújula, un objetivo moral que pudiera perseguir y diera sentido a sus días. Se acostumbró a escaparse de la jurisdicción del Ayuntamiento entre semana siempre que podía y se acostumbró también a dedicar la mañana del domingo a volver al periódico en plan semiclandestino, sentarse en una esquina de la redacción aguardando a que llegara Honorio con sus tarteras para compartir el almuerzo y pasar las horas muertas en su compañía, igual de taciturna. Nadie le pidió cuando le echaron que devolviera las llaves y nadie se las pidió tampoco a su antiguo camarada, emperador de la rotativa, así que ambos deambulaban los domingos por ese territorio que un día gobernaron, sabedores de que todos quienes les sobrevivieron conocían ese hábito furtivo que a ellos les devolvía a una especie de hogar, lo más parecido a su auténtico domicilio que jamás tuvieron. Una tarde se lo dijo el mánager, muy ufano, cuando se lo tropezó por la calle: «Ya sé que almuerzas los domingos con Honorio en el periódico. Y sin pedir permiso». Como se encogió de hombros por respuesta, sintió que el mánager se apiadaba de su triste sino y que le dejaba marchar sin pedirle más explicaciones. Era uno de esos sobrentendidos tan propios de la ciudad. Yo sé que tú lo sabes y tú sabes que yo sé que tú lo sabes. Etcétera. Así funcionaba la vida interna de sus convecinos y así se habían entrenado también Viberti y Honorio durante demasiados años, frecuentando la manía de fingir como fingían quienes les rodeaban. Se habían habituado a esperar. Esperar a que pasara algo.

Honorio acostumbraba a traer en una fiambrera metálica unos manjares que le cocinaban en la bodeguita donde comía desde que se jubiló. Era una clase de cocina que a Viberti no le decía nada, pero que a Honorio le cautivaba, aunque sin que jamás hiciera alarde de su entusiasmo según el código que denotaba la clase de español contenido que era. Para adivinar que disfrutaba era preciso conocer de antemano su tendencia al silencio, un silencio infinito y abismal, que sin embargo rompía mientras disfrutaba del almuerzo. Entre la seca palabrería que en aquellos momentos le asaltaba, antes de meterse de nuevo dentro del caparazón del silencioso Honorio de siempre, detectaba Viberti que en ese tipo de cocina ya un poco superada por el paso del tiempo encontraba su compañero de cuitas uno de los raros alicientes de su vida. Pronto sospechó que para Honorio aquellos almuerzos de los domingos eran su momento cumbre semanal y los saboreaba con un placer exagerado, como paladeaba con entusiasmo, y tal vez con un asomo de gula, las cazuelas de ancas de rana, cangrejos con tomate o pajarillos en su salsa que solían componer su menú. Viberti apenas probaba un par de tajadas por hacerle aprecio, cosa que a Honorio le daba igual. Mantenía oculto en un rincón de la rotativa, desde su tiempo en ejercicio como mandamás máximo del servicio de impresión, un porrón que rellenaba de vino con gaseosa para acompañar la ingesta de viandas, elixir al que Viberti sí que no le hacía ascos, y así consumían la mañana. Comiendo y bebiendo en silencio Viberti, más parlanchín que de costumbre Honorio, en su sola compañía. La plantilla que se ocupaba de tirar la *Hoja del Lunes* llegaba pasada la hora de comer y hasta entonces ellos tenían tiempo de ponerse mutuamente al día de sus sombrías y tristes novedades.

—Ahora pesco, Viberti.

—¿No pescabas ya antes? Te regalamos una caña cuando te jubilaste.

—No sé de quién fue la idea, pero yo no había pescado en mi vida. No sabía ni coger la caña.

—La idea fue mía, Honorio. No sé, se me ocurrió que te pegaba mucho lo de pescar. ¿No hay que estar callado y quieto durante horas? Según recuerdo, era tu especialidad.

—Pues acertaste. Eres un visionario.

—Sí, un profeta. Para los demás, pero no para mí.

—Esos son los mejores. Si fueras un profeta de verdad, te habría tocado ya una de catorce y colorín colorado.

Sus charlas apenas rozaban su yo más íntimo. Viberti lo prefería así. Le gustaba pensar que la vertiente más personal de Honorio permanecía a salvo porque en justa correspondencia también él mantenía indemne la parte de su actual desempeño que no terminaba de convencerle. A veces sentía incluso que se avergonzaba de su ocupación al servicio de Verdú y ese era un flanco débil que no tenía ningún interés en que despertara la atención de nadie, incluido Honorio. También se confesaba que era tan evidente que no estaba a gusto ni consigo mismo ni con cuanto le rodeaba, que por fuerza cualquiera se podía dar cuenta de su desasosiego, y que Honorio, haciéndose el longuis con el tipo de disimulo que dedicamos a no dañar a nuestros seres queridos, le distinguía con una frialdad en el trato que ocultaba las ganas de preguntarle qué le pasaba. Como si midiera el terreno antes de lanzar un golpe que jamás llegó a propinarle. Seguía sin parar de hablar mientras se zampaba sus tarteritas y le daba al porrón y le contaba a Viberti los pormenores de la pesca con lombriz sabiendo que no le interesaban nada y más bien le aburrían. Y de repente, según el protocolo que Viberti instauró cuando acordaron su primera cita, retiraba el almuerzo, sacaba un par de caliqueños que fumaban en silencio hasta que se convertían en cenizas y sonaba la hora de despedirse. Cada cual se iba por su sitio, hasta el domingo siguiente. A veces jugaban a los dados.

A Honorio le resultó por lo tanto muy extraño que aquel domingo Viberti se ofreciera a acompañarle de vuelta a casa. Vivía cerca del Paraíso, donde tantas mañanas desayunaron juntos cuando el periódico del día ya era historia y ambos empezaban a pensar en el del día siguiente. Viberti, preguntando con qué material rellenaría todas esas páginas que siempre le parecían demasiadas a esa hora e insuficientes por la tarde; Honorio, anotando en su libretita los fallos de impresión que hubiera detectado para reñir a quien correspondiera y enviar al mánager sus estadillos diarios, donde informaba de cuestiones que solo a él le preocupaban. Cuando cruzaron delante de la puerta cerrada del bar, Viberti se permitió curiosear un poco por la ventana, aprovechando que el viento había movido las contraventanas y algo del interior se podía ver. Hizo visera con las manos para fisgar, un gesto que imitó Honorio, con el mismo éxito: ninguno.

—Me ha parecido que está todo tal cual, ¿no? —le preguntó a Viberti.

—Tal cual lo dejó Deusto —le contestó—. Como si hubiera salido huyendo.

—¿No es lo que hacemos todos, Viberti?

Viberti no le contestó. Deusto, a quien veía de vez en cuando callejeando sin rumbo fijo por las calles más umbrías de la ciudad vieja, le participó una mañana que su manía de ir a almorzar los domingos a su viejo periódico con Honorio era la comidilla del vecindario. A Viberti le dio lo mismo. Le hubiera gustado que le aguijoneara algo parecido a la mala conciencia o cierta sensación del ridículo que pudiera estar haciendo a los ojos de los demás, pero nada. Inmune como solía a las habladurías, sí que se conmovió sin embargo cuando Deusto le contó que le recordaba a un antiguo cliente de las chicas del piso de arriba del bar.

—Se arruinó de mala manera y como no tenía ni un duro, la madama le dejaba que siguiera visitando a sus pupilas, aunque solo le permitía ver. Ver pero no tocar.

—¿Y eso cómo se hace?

—Le abría la habitación de al lado donde hubiera jarana y él miraba por el ojo de la cerradura o qué sé yo. El caso es que tú veías a aquel hombre salir del piso de arriba tan pimpante, pero la sonrisa le duraba un segundo. Para cuando ponía el pie en la calle, ya era el hombre más triste del mundo.

—Será con mi permiso. A triste no me gana nadie.

A Deusto esa ocurrencia de Viberti le arrancó una risa fugaz, que cesó pronto. Cada vez que se volvían a ver le parecía que tanta ironía autoinfligida era el parapeto de Viberti. Una manera de reaccionar a la defensiva, porque tal vez se había reconocido demasiado bien en la anécdota de aquel rijoso pobre diablo. ¿A qué iba en realidad los domingos al periódico? Era la misma pregunta que se hacía Viberti y que un día trasladó a Honorio, quien pareció reparar en ese momento, por primera vez, en lo anómalo de su hábito. Viberti concluyó que los solitarios contumaces como Honorio no se hacían demasiadas preguntas, como si estuvieran tan a gusto con sus rarezas que ya habían dejado de darse cuenta de que lo eran. Pero también pensó que él todavía no había llegado a ese punto y que se debía mantener alerta para descubrir si sus peculiaridades conducían a la locura, un extremo que no descartaba, o simplemente servían solo para abonar la fama que le caracterizaba. El príncipe local de las excentricidades, más peculiar incluso desde que abandonó el periódico y se hizo familiar su figura errabunda vagando por los cuatro puntos cardinales, dando a veces vueltas sin sentido al edificio del Ayuntamiento como si temiera entrar por miedo a ser devorado por un monstruo con el que se resistía a intimar.

De aquellos primeros días a las órdenes del alcalde databa el nuevo vicio que había hecho suyo y que consistía en dejarse ir. Desertar de su antiguo papel como agente activo de la actualidad y disfrazarse de su opuesto, un sujeto pasivo de la historia cuya principal misión era aguardar a que se detonaran los acontecimientos y luego ir detrás de ellos si tales eran las órdenes de Verdú. Aceptar que ese era su papel en esa mala hora transformó a Viberti. Supuso que le hacía peor persona y además inútil para los objetivos municipales. Y como había leído algo sobre la enfermedad que empezaba a ponerse de moda, la depresión, imaginó que ese mal le aquejaba a él pero que, a diferencia de las damas de la alta sociedad que también lo sufrían, no podía abandonarse a ninguna de sus curas, con la preceptiva receta o sin ella. Medicarse no le daba la gana. Y para dedicarse al adulterio, que era el otro remedio común muy en boga entre los de su condición depresiva, antes debería casarse. Y no era el caso. La cura para su mal consistía en resignarse, igual que le ocurría trabajando en el periódico. Pero era una resignación distinta. Ahora tenía que estar conforme y además inmóvil. Esperando.

Empezó a sospechar que ese era su destino, esperar, desde la primera mañana en que tomó posesión de su despacho en el ayuntamiento y ya desertó de la oficinita gris que le tenían preparada, mal ventilada y carente de misterio, cuya única ventaja residía en situarse cerca de la zona de alcaldía, la jurisdicción donde se supone que debía permanecer vigilante y al servicio de Verdú, el nuevo alcalde. Como el perro vagabundo que había sido, y siempre sería, prefirió dedicar su estreno a olisquear por los rincones del edificio, un palacete venido a menos donde ya no cabían los funcionarios, alojados en inmuebles vecinos para favorecer el tránsito interno y perfeccionar las dotes para el escaqueo que adornaban a los más veteranos y jetas. Viberti se tomó esa primera mañana su tiempo. Se dio un garbeo por la cafetería, conoció por su nombre a la plantilla de camareros y fue circulando desde el ala que ocupaba la policía local, dirigida por un señor gordito con pinta de pelota a quien cogió antipatía para siempre, hasta la zona de pagos de aguas, alcantarillado, basuras y demás tasas municipales, para ver si tropezaba con alguna cara conocida entre el funcionariado que le ayudara en su propósito, mientras acertaba a identificar cuál era ese propósito. Peregrinó por Tesorería, Urbanismo y el resto de ramas del árbol jerárquico organizado alrededor de alcaldía y acabó confraternizando con la tropa de bedeles agrupada en una especie de rebotica que tenían en la planta baja, junto a la puerta, donde con un infiernillo se calentaban un sucio café de puchero regado con algún golpe de coñá, néctar al que se abandonó también desde esa primera mañana. Refugiado en aquel escondite, donde se podía ver, sin ser visto, quién entraba y quién salía gracias a un ventanuco que daba a la calle Mayor, Viberti reparó en las idas y venidas de un curioso hombrecito a quien no conocía de nada, una proeza singular para quien alardeaba desde su antiguo puesto al frente del diario local de que nada en la ciudad le era ajeno.

Un ordenanza que se le presentó cuadrándose al estilo militar con alguna guasa («Me llamo Probo, a sus órdenes») le explicó que aquel enanito con aspecto de duende correteaba por el ayuntamiento como si fuera su casa, con especial predilección por el despacho alojado justo encima de la madriguera donde ahora desayunaban aquel matarratas: el despacho del jefe de Urbanismo, leyenda entre las leyendas del Ayuntamiento. El arquitecto Irízar. Viberti tampoco tenía el gusto, aunque sabía quién era Irízar, igual que Irízar sabía quién era él, pero ambos se trataban con la misma dosis de indiferencia postiza, la propia de quienes ocupan un puesto de relieve en el escalafón del humilde *Gotha* local y les repugna tener que compartir trono con algún advenedizo. La fama de Irízar como rompecorazones le precedía, igual que su inconfundible pinta, que a Viberti le hacía alguna gracia, como su apodo. Media ciudad le llamaba el Botines, porque usaba esa clase de calzado, en dos colores además. La otra media también le dedicaba la atención que merecía su estampa tan particular. Lucía una abundante caballera, tendente a dejarse crecer la melenilla al estilo del Príncipe Valiente, de un incierto color que propendía a pelirrojo, y llamaba también la atención por su compacta apostura de barrilete, más ancho casi que largo, un atributo que exageraba por su manía de caminar con la cabeza un palmo por delante del resto del cuerpo, como si fuera un cabestro guiando a una invisible manada de congéneres. Irízar mantenía también abierto su despacho privado como arquitecto, donde tenía colocado a un hombre de paja que se limitaba a administrar los encargos que le llegaban de su jefe como gran patrón del urbanismo local, visitaba las obras por él y se reunía con los clientes que sabían de antemano que el auténtico jefazo era Irízar y que ellos lo habían elegido para sus encargos precisamente por esa razón, porque simultaneaba sin disimulo su faceta pública con la privada y su firma por persona interpuesta al pie de cualquier proyecto individual era garantía de que pasaría el filtro municipal sin necesidad de acudir a otras mordidas igual de pautadas en aquella ciudad que se resistía a dejar de dormir la siesta.

Irízar iba muy poco por su despacho privado y casi nada por el público, lo cual se convirtió en la principal ventaja para que Viberti se hiciera con su fortaleza con vistas al vestíbulo central, a través de una claraboya de cristal biselado que permanecía medio abierta, dificultando la visión desde abajo pero ofreciendo información suficiente a quien se pasara como Viberti en la vacía butaca de Irízar las horas muertas, la odiosa expresión que utilizó Probo cuando le enseñó la estancia: «En esta casa se pasa uno las horas muertas», le informó. Y se permitió su primera humorada, un leve rapto de ingenio. «Si usted se fija bien, señor Viberti, eso es un contrasentido. Las horas ya están muertas antes de haber nacido. Llega un segundo y muere, ya es pasado. Curioso, ¿no?». Viberti le contestó primero con un silencio y luego con la frase que Probo nunca olvidaría, las palabras que recién pronunciadas le intrigaron tanto que tuvo que correr a compartirlas con los demás ordenanzas. De espaldas a él, de pie ante la butaca, mirando por el ojo de buey, le escuchó decir: «Hogar, dulce hogar».

Un hogar provisional donde se instaló temiendo el día que acabó llegando, cuando por fin Irízar apareció por su despacho, comprobó que Viberti dormía la siesta del carnero en el sillón que fue suyo y curioseó entre sus viejos bártulos haciendo un ruido exagerado que consiguió despertar del sueño a su ocupante furtivo. Viberti no pestañeó. Aguantó la mirada mineral con que Irízar calibraba la envergadura de su osadía, se incorporó de la butaca con la parsimonia de un yogui y le tendió la mano, un poco para desconcertarle y otro poco con la intención de medir a su vez la dimensión del posible enfado del auténtico inquilino de aquella estancia donde se había enseñoreado. Irízar le aceptó el saludo, estrechó con brío la mano sin dejar de mirarle a los ojos y señaló con el mentón hacia el mueble bar, donde se alojaba una pareja de licoreras. Bebieron en silencio mientras el arquitecto auscultaba su despacho como si lo viera por primera vez o como si lo revisara, por si echaba algo en falta; Viberti le vigilaba de soslayo, mirando por el ojo de buey hacia el vestíbulo gobernado por Probo. El silencio se espesó y luego se disolvió, como ocurre cuando los cielos presagian tormenta y se acaban conformando con derramar cuatro gotas. Irízar se sirvió él mismo el segundo trago y se dispuso a salir, conforme con la invasión de que era víctima una vez que la había visto por sus propios ojos y no por los chismes que le participaban los chivatos de guardia que se aburrían entre las cuatro paredes del ayuntamiento y se entretenían dando el parte entre susurros. Antes de marcharse, señaló de nuevo con el mentón hacia un carrillón varado:

—Daba las horas en punto hasta ahora, que yo sepa.

—Probo le ha quitado el engranaje. Le dije que era un martirio escuchar tanto tictac. Pero lo vuelve a poner a funcionar en cuanto se lo ordene, si tú quieres.

Irízar aceptó el tuteo y la respuesta. Se tomó su tiempo antes de despedirse desde la puerta, dejando a Viberti de nuevo con la sensación de que proseguía con su inventario mental. Viberti acertaba, más o menos.

—Me estoy fijando en que está todo como lo recordaba. Vaya, que no has quitado nada.

—Me gustaba tal cual. Y me hubiera parecido el colmo del intrusismo mover tus cosas. Tampoco paro por aquí tanto tiempo. Si no te importa, lo seguiré tomando prestado. Prometo no tocar nada.

—Me da lo mismo. Yo paro menos todavía por aquí, como seguro que sabes. Pero les tengo cariño a estos cachivaches. Y no son míos. Son del Ayuntamiento. Quincalla que me traigo cuando van a derribar un edificio que ha pasado a ser propiedad municipal porque nadie le da valor y resulta que lo tiene. Cuando se compra una casa a costa del erario público, toda esa casa y también lo que contiene pasa a ser pública, ¿no te parece?

Viberti no tuvo tiempo de contestar porque Irízar había cogido carrerilla y no paraba de explicarle la procedencia de cada una de aquellas cosas. Un llamador en forma de puño, un pequeño alambique, un perchero de nogal. Lienzos de dudoso gusto, esculturas infames que habrían decorado los hogares patricios de la ciudad venidos a menos, un paragüero con un par de bastones. Incluso un samovar. A Irízar le encandilaba repasar la vista y la memoria por aquellas ruinas muebles mientras contaba su historia, de qué demolido edificio llegaron hasta el ayuntamiento, quiénes eran sus antiguos dueños o qué atributo sentimental les unía con la ciudad o consigo. Mientras hablaba caminaba por la breve estancia a pasitos muy quedos, como si temiera romper algo. También acariciaba el lomo a su colección de objetos. Acabó acercándose a los dominios de Viberti, su atalaya magnífica, su puesto de guardia bohemia con vistas al ombligo del edificio consistorial, por donde zigzagueaba aquel peculiar personaje con aire de gnomo que le llamó la atención desde el primer día.

—¿Conoces a ese tipo? Lo veo todos los días por aquí, a todas horas.

—Claro que lo conozco. Es mi suegro. Mejor dicho, mi antiguo suegro. Se llama Goñi.

Honorio había elegido pasar las mañanas entre semana pescando en un rincón del río donde, como Viberti en su guarida municipal, pudiera ver sin ser visto. O no demasiado visto. Alguna vez se dejaba caer por sus dominios alguna parejita, que se solía alejar en cuanto topaba con su silueta, aunque también las había más osadas, o más necesitadas, que se sobaban ajenas a su presencia o incluso iban más lejos, según deducía Honorio de los jadeos, gemidos y demás rituales de rigor en semejantes casos. Había también algún paseante extraído del catálogo de raros de la ciudad, que recorría la orilla sur del río buscando nidos, cazando ranas o haciéndose un herbolario, e incluso era posible ver en acción al célebre acuarelista local, el artista Valderrama, de quien se contaba la anécdota de que el día en que murió Picasso se presentó muy ufano en el Museo Provincial para compartir su alegría y cuando un bedel le preguntó a santo de qué tanto entusiasmo, pronunció la frase por la que pasó a la fúnebre posteridad de la ciudad: «Es que ha corrido la lista».

A todos, Valderrama incluido, les regalaba Honorio una generosa ración de indiferencia y todos le respondían con el mismo trato, salvo los mirones de rigor que se apostaban a su vera y le saludaban preguntándole si picaban. Honorio, en esos casos, les daba la espalda y lanzaba la caña aún más lejos, en un silencio que solo rompía Viberti durante las visitas con que empezó a obsequiarle coincidiendo con la inauguración de su otro ritual, los almuerzos dominicales. De lunes a sábado se acostumbraron a compartir sus respectivas ganas de quedarse mudos, embobados en la contemplación extática de las aguas embarradas del río, un lento caudal de donde apenas se podía extraer algún barbo de calidad ínfima. Cuando semejante prodigio ocurría, Honorio cumplía con un ceremonial muy particular: lo mantenía vivo en un cestaño relleno con agua hasta que llegaba la hora de marcharse y lo devolvía al río, no sin antes quedarse mirando muy fijo sus ojos como si quisiera reconocer en ellos la mirada de un semejante, igual de asombrado que él por la velocidad con que cambiaba el mundo a su alrededor. Viberti asistía a esa liturgia completamente mudo, porque eran raras las veces en que se animaba a la confidencia, hábito que tampoco Honorio frecuentaba. Sus escapadas a la orilla del río no tenían otro objeto que escaquearse, ponerse a salvo de las majaderías que perpetrase el alcalde y asomar su mirada a ese pozo oscuro, de un marrón tirando a ocre, que era el río, con la delirante ambición de que sus aguas, que avanzaban a menudo con la lentitud de una lengua de glaciar, le ayudaran a descifrar dónde estaba y qué había sido de su antiguo yo. Y de paso, en las contadas veces en que hilaba la hebra con Honorio, para que le pusiera al día de qué se cocía por la ciudad. «Y pensar que cuando me bañaba de chaval en este río hasta veía el fondo y mira ahora el asco que da», solía suspirar Honorio. Era una frase mil veces repetida. Una consigna. La señal de que estaba predispuesto para la tertulia.

—¿Conoces a Irízar?

—Poco, pero suficiente.

—¿Y?

—Buen tipo. Extraño, pero decente. Una rareza en esta ciudad. Por la decencia, quiero decir.

—¿Y a Goñi?

—Menos, pero también. Un caballero muy divertido. Lo veo y me pongo de buen humor. Mira, ha picado un barbo.

Honorio ejecutaba entonces la misma liturgia. Invitaba a una ronda de su petaca a Viberti («Un trago por cada pez», le tenía avisado) y le ponía más o menos al tanto de las idas y venidas de sus convecinos, con la particularidad de que tocaba de oído y su información nunca era de tanta calidad como la que atesoraba por ejemplo Canario en su barbería, el antiguo suministrador de soplos durante sus días como periodista, a quien tanto debía. A Honorio, las vicisitudes de sus semejantes le dejaban más bien frío, aunque de algo se enteraba porque había nacido en esa ciudad demasiado tiempo atrás, no la había abandonado más que para irse a la mili y como trabajaba en el periódico local, aunque fuera como el Napoleón de los talleres, el paisanaje tendía a ver en él una figura de alguna importancia. Alguien que sabía lo que había que saber, aunque su reino fuera la rotativa y no pusiera apenas los pies por la planta noble, menos aún por la redacción. «Si quieres que te diga la verdad, sé que he tenido alguna relación con Irízar hace años, pero ya ni me acuerdo. La hemos ido perdiendo y tampoco sé la razón. Te saludas, un día te tomas un café, otro coincides en un funeral y luego todo ese trato se disuelve igual que vino, sin entender nadie nada», le explicaba, mientras recogía sus bártulos, lanzaba al barbo de nuevo al agua y enfilaba hacia las escalerillas que conducían al viejo puente. Viberti escuchaba a Honorio pensando cuántas de sus relaciones habían adoptado ese mismo formato, entre la amistad y la indiferencia, siempre ambos estados en fase latente, nunca expresa, y concluyó que sería una tendencia habitual en esa ciudad y en tantas otras, donde la camaradería en su versión más profunda estaba vetada y las amistades genuinas se disimulaban, porque aparentar era la pauta moral más generalizada y así se ahorraba uno dar ciertas explicaciones.

—¿Por qué me preguntas por ellos?

Viberti no supo responder. Cayó entonces en la cuenta de que no recordaba con total precisión cómo había entrado exactamente en su vida el arquitecto Irízar, más allá de aquella presentación fugaz compartiendo tragos de su ajada licorera, y sobre todo cómo había ocurrido algo parecido con su escudero Goñi, convertido en su eterna sombra desde que su antiguo yerno tuvo a bien presentarlos y ya no se separarían en cada andanza de Viberti por el ayuntamiento y extramuros del edificio, para sorpresa mutua y asombro de los extraños. En las raras veces en que coincidía con Irízar y este le hacía ver con la mirada su perplejidad ante la extraña pareja que formaba con Goñi, Viberti se encogía de hombros. «Me ha cogido cariño». Y seguía a lo suyo, a zascandilear por los negociados, detenerse en la cafetería para abrevar, estimular los cotilleos de Probo y del resto de bedeles, refugiarse en el despacho de Irízar y dedicarse a ver sin ser visto, a resguardo del alcalde porque prefería evitarlo, superado el trámite matutino que para él representaba el momento más amargo del día. Ocurría a primera hora. Verdú convocaba a sus leales en el antedespacho, revisaba con ellos la agenda diaria, se aguantaba algún ataque de cólera si el periódico le tocaba las narices más que de costumbre y soportaba pastueño los dardos de sus colaboradores más cercanos, fieles cumplidores del mandato que les transmitió según tomó posesión: «Respeto, el justo. Os pido que nos sigamos tratando como si estuviéramos en la timba de Deusto». Una mención a los tiempos recién superados que activaba entre sus interlocutores un sentimiento paradójico, las noches de farra y boleros en la parte de atrás del Paraíso. Había quien suspiraba pensando que cuánto mejor se hubieran quedado ellos y la ciudad entera tal cual la encontró Verdú cuando aterrizó como gobernador, con la vida pautada desde que amanecía hasta que oscurecía y enfilaban el bar en cuya rebotica consumían las últimas horas del día y las primeras del siguiente jugando a los naipes, bebiendo sin duelo y hasta cantando, en el caso de Viberti, y quien por el contrario se confesaba inquicto cuando se recordaba a sí mismo en aquel estado durmiente, retozando en la docilidad ambiente, sometido al cumplimiento del mandato casi único, muy extendido, de que nunca pasara nada. Un pasado áspero y cercano que la mayoría de leales al alcalde aspiraba a haber dejado muy atrás.

De todos ellos, quien cumplió la orden de mantener vivo el antiguo protocolo y la insana pero férrea camaradería con mayor grado de obediencia fue Viberti, que siempre acudía al despacho del alcalde arrastrando los pies y el veneno preparado. Un comentario mordaz, un gesto irrespetuoso, una mirada tendente a la insurgencia. El rebelde Viberti administrando la dosis mañanera de cicuta. Simarro ejercía de lo contrario. Un mullido colchón donde Verdú se apoltronaba, desnudaba sus flaquezas y compartía sus dudas. Como respuesta, recibía una mano de cariño, ningún reproche y un suplemento de energía y seguridad: «Lo estás haciendo bien, alcalde. Es cuestión de tiempo cogerle el truco a esto. Como andar en bici». En la esquina opuesta del cuadrilátero mental donde tenía organizado a su equipo, Verdú había situado a Viberti para que cumpliera con el papel opuesto. Todo le parecía mal, el Ayuntamiento le aburría y la estructura organizada desde la noche de los tiempos para que nunca pasara nada poseía una fuerza más poderosa que su energía o sus saberes. El funcionariado era además un dolor de muelas y él se cansaba de pasar por tantas y tantas aduanas cada vez que una instrucción nacida en el antedespacho debía correr hacia abajo, hasta la base de la pirámide burocrática, sin que nunca se acatara tal cual se emitía o hasta que de ella no hubiera rastro o quedara tan desfigurada que le resultaba irreconocible comparada con el mandato que le trasladaba el alcalde a primera hora. En esos momentos de tensión, Verdú aplicaba la misma estrategia. Dejaba que Viberti se desahogara, le daba la razón en todo y luego le trasladaba una nueva tarea, mediante el procedimiento de devanarse la sesera hasta que atinaba con un encargo más pintoresco o enrevesado que el anterior. Su intención era que Viberti encontrara algo en la gestión municipal que le obligara a entrar en combustión, según la lógica propia en su anterior oficio de periodista, pero de momento el alcalde no acertaba con la clase de encomiendas que sacaran de su jefe de prensa lo mejor de sí mismo. Pero cada mañana lo volvía a intentar porque este Verdú, como aquel Verdú gobernador civil con quien simpatizó desde primera hora, de confianza iba sobrado. El tipo de confianza que detectó Viberti en él en cuanto se conocieron. La confianza del que nada espera. O nada bueno. La del que aspira sin embargo a tropezar con algún regalo providencial al final del día, como animado por una superstición, diamantes ocultos en aquel estercolero formado por rutinarias visitas a obras, despachos con jefes de negociado, reuniones con la cúpula del partido y atenciones a particulares, que pensaban que el Ayuntamiento era suyo como había sido hasta entonces y se presentaban para exigir de su alcalde que les quitara una multa, hiciera la vista gorda en sus retrasos con el cobro de algún tributo, les aceptara un jamón por Navidad y un sinfín de trámites menores que a Verdú le impedían centrarse en su genuino objetivo.

—No hay manera de que dejen de dormir la siesta, Viberti —se quejaba.

—Eso solo ocurrirá el día en que empieces a ser tú de verdad. No este sucedáneo.

—Te agradezco de corazón que sigas llamando a las cosas por su nombre, pero te agradecería más que te aplicaras ese mismo cuento. Ya no diriges ningún periódico. Estás a mi lado para ayudarme a despertar conciencias, que es lo que mejor sabes hacer salvo que se te haya olvidado.

Viberti aceptaba el dardo matinal que le endosaba el alcalde, porque era también la sutil orden para que pasara a ocuparse de sus quehaceres. Marchaba en dirección al escondite de Irízar que había tomado de prestado y en cuanto notaba a su espalda la sombra de Goñi, que aguardaba desde primera hora en el antedespacho de Verdú haciendo compañía a Violeta, enfilaba por aquellos corredores inmensos hacia la infinita mañana que le amenazaba, no sin despedirse de quien fue su secretaria.

—Adiós, tarada.

—Adiós, desgarramantas.

—Mamarracha.

—Pingo roto.

—Antigualla.

—Puercoespín.

—Fantoche.

—Majadero.

La rutina incluía pedirle a Goñi que le siguiera en sus correrías por el palacio consistorial, previo paso por la madriguera de los ordenanzas, donde Probo le daba el parte («Nada por aquí, nada por allá, jefe») mientras le invitaba a un lingotazo que Goñi rehusaba y le informaba de las entretelas municipales, la letra pequeña de la gestión donde Viberti pensaba que podía encontrar lo que iba buscando, aquel encargo no escrito ni verbalizado que Verdú le pedía que formase parte de sus atribuciones. Una ilusión que debería reconocer cuando la tuviera ante sus ojos, que se revelaría como una aparición de súbito, por sorpresa. La epifanía que estaba esperando y que irrumpió al fin en su vida esa mañana, en efecto por sorpresa. Porque llegó por la vía más inesperada. Vía Goñi.

—Me ha dicho el alcalde que tiene un encargo para ti, hijo.

—¿Y no me lo podía haber dicho en persona hace un minuto?

—Podía pero no quería.

—¿Y eso?

—Porque sospechaba que te ibas a encolerizar y en ese caso prefiere que pagues tu ira conmigo. Es muy listo.

—¿Y por qué supone tal cosa el ilustrísimo señor alcalde, siempre tan sagaz?

—Porque quiere que saques de un atolladero a alguien y ese alguien no te gusta.

—Tú dirás, don misterioso. ¿De quién se trata?

—De Ponce, Viberti. Se trata de Ponce. El alcalde quiere que le eches una mano. Y ahora ya lo puedes pagar conmigo, hijo.

GOÑI

El Ponce que se presentó ante Viberti en su auténtico despacho del Ayuntamiento no era el Ponce que recordaba. No el Ponce que había conocido. Había envejecido mil años y perdido su aspecto de batracio, porque la papada resbalaba ahora por los carrillos hasta desaparecer a la altura de la quijada, una quijada de repente descomunal que parecía apuntar hacia Viberti como si fuera una pistola descargada, pero todavía humeante. Ese Ponce fantasmal hablaba con un hilo de voz en un tono servil con sus interlocutores, sin rastro de la antigua altanería. Un Ponce ensimismado, como resacoso sin haber bebido, que se miraba fijamente la punta de los mocasines con borlitas, donde se preservaba la huella de aquel viejo Ponce de exquisita indumentaria, mientras peroraba lanzando sus palabras en teoría hacia Viberti y Goñi, pero en realidad hablando para sí mismo, a una parte emboscada de su yo donde tal vez pensaba que habitaba la clave que le ayudaría a desenredar el enigma en que se había convertido su vida. El lío en que estaba metido, de profundidad abismal según percibía Viberti, confundido con este nuevo Ponce tan bovino, que acudía a él venciendo sus prejuicios y olvidando sus querellas de antaño, cuando el periódico publicó sus turbios tejemenajes y arruinó las obscenas tretas que urdía entre sombras, tanto las legales como las ilegales. El Ponce que hablaba entre circunloquios, dando rodeos interminables. El Ponce a quien tuvo que ser Goñi quien guiara hacia Viberti y le animara a aliviar su pesarosa conciencia.

—Doctor Ponce, con mucho gusto aquí el señor Viberti atenderá lo que tenga que decirle. Pero vaya al grano, por favor.

Ponce miró a Goñi como si reparase en ese momento en su menuda presencia, su estampa de alfeñique bienhumorado, porque Goñi hablaba con una media sonrisa que se convertía en sonrisa total a medida que la charla avanzaba sin descartar nunca la carcajada o el codazo cómplice. A su alrededor destilaba un entusiasmo nada contenido, que pretendía ser contagioso, una ilusión auténtica por el mundo, por sus pompas y por sus obras. Un sincero optimismo que desarmaba al más cínico. Viberti, por ejemplo, a quien Goñi rendía un servicio esencial, indispensable. Le ponía de buen humor su compañía, le animaba a pensar que las tinieblas de cada día en algún momento se disiparían y cuando las nubes que acechaban sus pasos se evaporasen triunfaría ese don de Goñi para convertir los trámites más esquivos, las oscuras rutinas, en un nuevo amanecer, una renovada luz que alcanzaría a quien estuviera a su lado y a la ciudad entera. Goñi, la bondad suprema hecha carne mortal. El mago feliz, el diminuto Goñi, que se movía por la venerable casa consistorial como una ardilla para servir a quien como él quisiera poner algo de orden en su funcionamiento y desanudar los barullos propios de la gestión municipal, sin servilismos hacia el poderoso y entregado por el contrario hacia el más desvalido de los seres que poblaban el edificio consistorial y lo sostenían por un magro salario y hacia los pobres diablos que cayeran en las redes de aquella burocracia que le parecía tan infernal como a Viberti, aunque con la diferencia de que a él siempre se le ocurría una salida, una triunfante solución al crucigrama. Goñi era una bendición para quienes se acercaban a él desarmados porque no sabían interpretar un papelito (había quien ni siquiera sabía leer, pero se negaba a confesarlo), o para el contribuyente que se paralizaba con el trato reverencial que exigía el mandarinato municipal, un respeto tan exagerado que infundía un temor antiguo a este lado de la ventanilla. También salía al rescate de estos otros gerifaltes recién llegados, los miembros del linaje de Viberti, que todo lo ignoraban sobre la cosa pública y reclamaban sus eficaces servicios para entender el manual de instrucciones de eso tan raro que acababa de nacer: la política. La nueva política. Goñi arrojaba entonces su benefactora luz sobre ellos y así lo presentaba Viberti a las visitas: «Aquí, Goñi, mi linterna humana».

Así tal vez lo veía también Ponce, como un haz de luz, mientras lo escrutaba con la mirada, la mirada propia de quien cree reconocer a alguien, pero no termina de caer hasta que por fin le ubica.

—Usted es Goñi, ¿verdad? El minero.

Viberti se dio cuenta entonces de que apenas tenía información sobre su ayuda de cámara y lo miró intentando dilucidar si eso del minero Goñi tenía algún sentido. Pensaba en el personal enrolado en una mina más o menos como superhombres, no como el canijo Goñi que aceptó las palabras de Ponce sin inmutarse, como si estuviera esperando que le reconociera, aunque algo en su lenguaje corporal le decía a Viberti que la situación le incomodaba. Como si hubiera preferido ser él mismo quien contara su historia a Viberti y revelara sus secretos, antes de que Ponce se adelantara.

—Ese mismo, doctor Ponce. Pero no estamos aquí para hablar de mí, ¿verdad?

Ponce desatendió su ruego, como si identificarle le hubiera ayudado a salir de su introspección. Reconocer a Goñi le permitía acomodarse con mayor soltura en su sillón, estudiar el ambiente en que estaba embutido, inspeccionar la decoración y los detalles menores. Dejó la mariconera sobre la mesa y paseó su vista por la fúnebre estancia antes de volver sus ojos sobre Goñi, como si de repente tuviera prisa por aclarar aquel lío que crepitaba en su cabeza. «Usted vino una vez a mi despacho con no sé qué encomienda, ya no lo recuerdo», espetó a Goñi. Y le preguntó como quien dispara un tiro a un blanco móvil muy lejano: «¿Salió bien?».

Ahora era Viberti quien miraba desconcertado a Goñi, confundido por esa familiaridad entre su compinche y su visitante. Se preguntaba si la presencia de Ponce en sus dominios se debía a ese favor que el alcalde le había prometido al doctor o si había algo personal para descifrar por fin qué se le había perdido ahí a Goñi, en un Ayuntamiento que no era suyo pero lo parecía. Si era él, en definitiva, y no el alcalde, el principal interesado en devolver a Ponce alguna deuda del todo no pagada. Goñi pareció entender esas dudas de Viberti, a quien espiaba de soslayo mientras concentraba su atención en Ponce, un teatrillo que a Viberti le recordó el que ejecutaban los jugadores de ajedrez: pendientes a la vez del tablero, de su rival y del reloj. Todo a un tiempo.

¿Jugaría Goñi al ajedrez? Viberti concluyó que esa teoría tenía sentido pero no tuvo tiempo de proseguir con sus cavilaciones. Estaba tentado de bromear con Ponce a propósito de que hubiera sucumbido a la moda de la mariconera, pero no le dio tiempo. El doctor se había lanzado a hablar.

—Usted había trabajado en una mina muchos años y quería mejorar su pensión. ¿Era algo así, no? Le habían quedado cuatro duros por no sé qué papeles mal hechos o algo por el estilo. ¿Voy bien?

Goñi se revolvió ante la pregunta, desasosegado. Ahora Viberti empezaba a despejar sus dudas. Esa función en su despacho la había organizado su hombre linterna con el beneplácito de Verdú, a quien seguro que le había hecho gracia meterle en ese follón sin pensar que Ponce desbarataría la estratagema de Goñi en la primera parrafada. Se imaginó al alcalde riéndose en ese instante para sus adentros, imaginándose a Viberti desarmado ante sus tejemanejes, incapaz de descifrar la melé donde le estaban metiendo. Y supuso además que le divertiría comprobar su estupefacción ante el desarrollo de los acontecimientos porque seguro que Verdú no sospechaba que de sus dos aliados, el más incómodo sería Goñi. Así que Viberti se relajó y adoptó la función de público en esa partida de ajedrez que se jugaba ante su burlona mirada, más divertida que asombrada.

—Va bien, doctor Ponce. Pero insisto. Tiene que contarle al señor Viberti eso tan importante que le amarga la vida. El origen de sus males. Su tacón de Aquiles.

Pero Ponce no escuchaba a Goñi. Hilvanaba en su cabeza los recuerdos que florecían repentinamente esa mañana, con un débil rayo de luz penetrando por el torvo ventanal, una luz que no le hacía ningún favor a la estancia porque revelaba su podredumbre y su sordidez, que a Ponce le daban igual. No reparaba ya en cuanto le rodeaba. Tampoco en Goñi, que para él se acababa de convertir en otra cosa. No era la presencia afable y animosa que le invitaba a explayarse. Goñi era el recordatorio de los buenos tiempos, cuando su despacho bullía con este tipo de favores y desfilaba por él media ciudad para que gracias a su celo, pero sobre todo a sus contactos, se arreglaran desaguisados que parecían en primera instancia insalvables y que atormentaban a quienes, como aquel Goñi pretérito, pensaban que no había solución para lo suyo. «Ahora mismo parece que le estoy viendo entrar aquel día en mi despacho, amigo Goñi», sonreía por fin Ponce. Era una sonrisa triste, exangüe. Como si hubiera necesitado para convocarla toda la energía que le faltaba, como si le amargara porque le obligaba a recordar los desvanecidos días felices. «Era usted minero y además cocinero, ya voy cayendo», añadió.

La revelación de ese oficio tan inesperado y nada convencional para un habitante de la Meseta, donde no había noticia de mina alguna, terminó de desconcertar a Viberti, que ya veía a Goñi con otros ojos. Lo miraba para encajarlo descendiendo a las profundidades de la tierra en un achacoso montacargas, con su casco y su lámpara adosada a la cabeza. Un Goñi con la cara sucia porque se pasaría el día entre hollines, los de la mina y los de sus fogones, calentando una olla a la vez que un puchero o dándole el golpe mágico a la sartén para que alumbrara una tortilla de tamaño ciclópeo y alimentase a la tropa de mineros. Y pensó Viberti que Goñi se emplearía bien en aquel papel de hechicero de las cazuelas, alimentando no solo el estómago de sus compañeros de faena, sino el humor colectivo, elevando la psique común con esa capacidad tan suya para crear un ambiente placebo allí por donde pisara.

—Minero y cocinero, dice bien, doctor.

—Me acuerdo de que le ayudé a que ganara aquel pleito, ¿verdad? Apoquinó una derrama al preboste de turno del Instituto Nacional de Previsión bajo cuerda y a otra cosa.

—Una señora derrama, doctor Ponce. Pero tengo que insistir. Cuente usted eso tan grave que le trae por aquí.

Ponce siguió sin hacerle caso. Traspasaba en realidad a Goñi con su mirada, que iba más lejos, mucho más lejos del contenido espacio de aquel cuartucho. Tampoco veía a Viberti, aunque lo tenía a su lado. A quien veía de verdad era a sí mismo, al antiguo Ponce, capaz con un truco de prestidigitador de cambiar el curso de la vida de quien se arrodillase ante él como hizo sin duda Goñi, la última y definitiva parada en aquel viacrucis de súplicas al que tuvo que resignarse para que en vez de cuatro duros de pensión le quedara una paga más decente. Y cuando Viberti se preguntaba si también le reclamó a Goñi su propia mordida, Ponce contestó por él: «Me acuerdo también de que me regaló usted un estuche de sidra achampañada». Goñi pareció avergonzarse, pero mientras el rubor le encendía las mejillas, tuvo un ataque de dignidad: «Y unos chorizos de Cantimpalo, doctor. Que costaban un Congo». Goñi había contestado subiendo la voz, pero sin alterarse. Tampoco Ponce se inmutó. Aquel vasallaje del que se había beneficiado en sus buenos tiempos formaba para él parte de la naturaleza propia de la vida y no le llamaba la atención como no se la llamaba tampoco que Goñi se pudiera desairar retrospectivamente. Si percibió ira en aquella mención a la mordida, no lo acusó ni en su semblante ni en su voz, que mantuvo en el mismo tono inarmónico con que había ido disparando sus recuerdos. De repente, lanzó una sonrisa fugaz, como para sí mismo. Una sonrisa mate y resignada.

—Y me enseñó también una receta de gallina a la pepitoria, exquisita. Todavía la prepara mi señora de vez en cuando.

La confidencia desarmó a Viberti. También a Goñi. Los tres habían bajado la guardia porque presentían que había llegado la hora en que por fin Ponce se animara a compartir sus cuitas, el drama que le había llevado hasta el ayuntamiento y puesto en conocimiento del alcalde. «Verdú es mi última bala, Viberti», le confió por fin.

—Yo sé que usted lo es todo para él y espero que sabrá perdonarme viejos agravios.

—Suelte ya lo que sea, Ponce. No tenemos toda la mañana.

—No, no la tenemos. Sobre todo, yo. Se me acaba el tiempo, Viberti.

—Pues desembuche.

Ponce se tomó unos segundos antes de responder. Se percató solo entonces de la condición desoladora del despacho donde Viberti le recibía, como pensando que de esas cuatro destartaladas paredes no podía salir nada bueno, y del aspecto más apagado que nunca de su anfitrión, envuelto en su eterno traje de tergal, con la mustia gabardina colgada de cualquier manera en el perchero y, como siempre, a falta de un afeitado, pero acabó comportándose como lo que decía, como alguien que no tenía tiempo que perder. «Vengo aquí por mi hijo, Viberti. Para que me ayuden a localizarlo y vuelva a casa».

—¿Su hijo? ¿Es menor de edad?

—Todavía sí. Pero dejará de serlo en unos días y ya no habrá nada que hacer.

—¿Y dónde se supone que anda?

—Desaparecido, Viberti. Ha desaparecido, aunque en realidad yo creo saber muy bien dónde está.

—A ver.

—Creo que lo ha raptado una secta y que por eso no vuelve a casa aunque quisiera.

—¿Una secta?

—Sí, una secta. La secta esa de jipis que se ha instalado en el Pico del Buitre. Se lo han llevado y no nos lo devuelven. Y mi mujer se ha vuelto loca y yo me vuelvo loco también.

La mención al Pico del Buitre inquietó a Viberti. También a Goñi, que le dirigió una de esas miradas suyas que significaban lo que Viberti sabía. Que había que ponerse en movimiento. Por eso no fue extraño que fuera Goñi quien respondiera por los dos a las súplicas de Ponce: «Esto está hecho, doctor. El señor Viberti seguro que lo arregla en un canariete y su hijo está de vuelta en casa en un plisplás». Soltó la parrafada de corrido, como si tuviera prisa. Luego se hizo un silencio que Goñi volvió a rellenar hablando en otro tono, mustio y desangelado, mascando cada palabra. «Y por cierto, no era gallina en pepitoria», disparó a Ponce mientras le acompañaba al registro a presentar el papelito que correspondiera para su caso ante la admiración de Viberti ante tamaña desenvoltura. «Era pollo al chilindrón y si recuerda le dije también cuál era mi secreto: que la salsa de tomate penetre bien en la carne».

Esta última frase Goñi la pronunció con una sonrisa. Una sonrisa franca y desarmante, la de un hombre de acción.

El chico

Uno de los rasgos más peculiares de la personalidad de Goñi consistía en el uso tan incomprensible que hacía del idioma. Tendía a adornar su cháchara recurriendo a expresiones erróneas y a equívocas frases hechas de las que era inconsciente, que le parecían que elevaban su consideración a ojos de los otros y que solo florecían cuando estaba en confianza, cuando se animaba. O cuando se abandonaba a sus confidencias con Viberti y prevalecía su verdadero yo. El único Goñi, siempre risueño, que había construido su carácter mediante no demasiados atributos y les reservaba por lo tanto una devoción sincera. Recurría a ellos, suponía Viberti, cuando cada mañana ponía el pie fuera de la cama según una serie de rutinas, o supersticiones, que le había contado mil veces. Se aseaba, aseaba luego a su mujer, enferma con la cabeza perdida, le daba de desayunar, desayunaba a continuación él mismo, se vestía para salir a la calle de acuerdo con un uniforme al que era leal hasta en verano y que incluía por supuesto corbata («Lazo Windsor, Viberti, no me sé hacer otro») y desafiaba a continuación al mundo practicando un rito que aseguraba que le daba buena suerte. O confianza, que venía a ser lo mismo: hinchaba mucho el plexo solar, exhalaba una ración de aire generosa para sus escuetas dimensiones y la lanzaba contra el rellano una vez abierta la puerta de casa. «A por ellos, que son pocos y cobardes», le explicaba que se decía a sí mismo antes de embarcarse en su aventura diaria.

Ese Goñi, que decía canariete en vez de periquete o plisplás en lugar de pispás, tenía la virtud de poner de buen humor a Viberti cuando escuchaba esas barbaridades que a veces solo él notaba, porque Goñi las pronunciaba con tal desenfado que tendían a ser inapreciables para el resto de sus interlocutores. También había quien, debido a la naturalidad con que se desenvolvía por los aledaños del poder, atribuía a Goñi un estatus tan sobresaliente que se veía incapaz de percibir equivocaciones entre todos aquellos atentados al idioma. Muletillas que le ayudaban a manejarse por la vida, sentencias que le daban un aire de jactanciosa sabiduría según su propia percepción del mundo y de las cosas. Nunca supo Viberti, y tampoco le preguntó, si era consciente de lo erróneo de esas expresiones, que por lo demás le hacían mucha gracia, sobre todo cuando las empleaba ante extraños que se quedaban pensando si Goñi les tomaba el pelo o si en realidad los equivocados eran ellos cuando las usaban bien. Un ejemplo. Goñi solía decir con tanta frecuencia como rotundidad la frase hecha «entre la espalda y la pared», reinventada según su propia doctrina. Y Viberti le confesaba que de tanto escucharla ya no sabía distinguir la incorrecta de la acertada. Otro ejemplo, que también divertía mucho a Viberti: la propensión de Goñi a zanjar muchas de sus frases diciendo «valga la redundancia», cuando no existía redundancia alguna entre los términos de la oración que utilizara. Viberti comprobaba en esos casos que sus interlocutores miraban hacia el cielo o hacia el techo, intentando elucidar dónde residía la supuesta redundancia, y que para cuando concluían que no existía o cuando se preguntaban a santo de qué venía esa ocurrencia o cuando acababan encontrando la famosa redundancia incluso si no la había, Goñi se había esfumado o había pasado a la siguiente estación de su perorata. Y lo de valga la redundancia ya se había quedado muy atrás, una expresión a menudo oculta por otra de esas frases de las suyas: «Me pregunto si no será que Ponce nos quiere dar pato por liebre, Viberti».

Viberti desatendió esa mañana la última incoherencia de Goñi. Tampoco Deusto, que iba al volante, le hizo mucho caso. Con sus cosas tendía a suceder eso, que de tanto repetirse acababan siendo invisibles o inaudibles para quienes confraternizaban con él. Viberti tenía otras preocupaciones en su cabeza. No le inquietaba tanto el caso que Ponce le había traído hasta su despacho ni cuanto sucediera por el Pico del Buitre, hacia donde se dirigía el cochazo que conducía Deusto según la norma impuesta por Verdú conforme accedió a la alcaldía, una de sus primeras condiciones.

Sería su chófer; en realidad, ejercía de chico de los recados, condición para la cual estaba bien dotado (discreto, obediente, disciplinado), aunque tuvo que resignarse a cerrar el bar, trámite que acogió con alguna desgana pero resignado: «La verdad es que se me estaban muriendo todos los clientes, suicidas la mayoría», aceptó ante Verdú, mientras tomaba los hábitos de su nueva ocupación.

—¿Y las chicas no te dan pena? Se quedan sin su bar de guardia.

—Son aves de paso, señor alcalde. Encontrarán otro nido donde rumiar sus penas y darle al frasco.

De aquella breve conversación habían pasado unos meses que parecían un par de siglos, porque las tareas pendientes eran todas inaplazables, porque Verdú imprimía a la administración del Ayuntamiento un ritmo vertiginoso que llevaba a su equipo de confianza con el alma en vilo cada día de cada semana y porque la ciudad entera parecía predispuesta a esa intensidad especial que los nuevos tiempos requerían y no se conformaba con leves avances ni con retoques cosméticos en la gestión. Mientras algunos miembros de su padrón no soportaban la idea de renunciar a la siesta eterna que tanto bien les procuraba, otro amplio sector del vecindario se inclinaba por moverse en función de la recién instaurada lógica de los nuevos tiempos reinantes y nunca tenía bastante. Lo de ayer se olvidaba a la mañana siguiente y esa exigencia de dinamismo, que conspiraba contra la perenne inmovilidad del mundo de donde venían, se transfundía desde los vecinos a los gobernantes, que caminaban por las cosas municipales a una velocidad relampagueante, dañina incluso. «Vamos a acabar todos alelados», le avisaba Goñi a Viberti. Pero como lo decía con esa media sonrisa suya que nunca le abandonaba, parecía incluso dichoso con la idea, sonrisa va y sonrisa viene, en el asiento de atrás del traqueteado Dodge municipal, reliquia de esa clase de pasado que aún sobrevivía entre los trajines del ayuntamiento, mientras miraba con mucha curiosidad un paisaje con el cual no estaba familiarizado. Goñi era carne de ciudad.

—Repíteme bien eso del Pico del Buitre, Viberti, hijo. Lo de que esté perdido en los confines del mundo y sea sin embargo propiedad del Ayuntamiento, valga la redundancia.

Viberti salió de su ensimismamiento para recitarle a Goñi la misma cantinela que le había contado en cuanto Ponce abandonó esa mañana el ayuntamiento. Que el Pico del Buitre era un conjunto de edificaciones ubicadas en la presierra que se alzaba allá en el horizonte, una estribación que daba al norte de la ciudad y protegía al vecindario de fríos exagerados en invierno, ubicada en una parcela de sotobosque y algún sembrado que un indiano donó al Ayuntamiento hacía un tiempo inmemorial porque murió sin descendencia y quiso saldar una deuda de gratitud moral de origen incierto. Esa finca que durante los veranos empleaba el Ayuntamiento como sede de las colonias de vacaciones para la prole de sus funcionarios hasta que dejó de invertir en su mantenimiento y la sucesión de inmuebles se fue derrumbando o casi, transformada en un decadente manojo de ruinas que ocupaban de vez en cuando los errantes zíngaros con sus carromatos, algunos cazadores a quienes se les echaba la noche encima o los vagabundos que se guarecían entre sus muros de la intemperie circundante. Todo eso le volvió a contar Viberti a Goñi mientras Deusto conducía en silencio y la mole del Pico del Buitre, llamada así por la cercana vecindad de una montaña bautizada con tal nombre por el ingenio popular, se hacía presente al final de la serpenteante carretera.

—Esa película ya me la conozco, Viberti, que llevo viviendo aquí desde la noche de los vientos. Lo que quería saber es qué pintan aquí esos jipis.

—No tengo mucha información al respecto. Lo poco que sé me lo ha contado esta mañana Aráez antes de salir.

—Aráez pinta en la Policía menos que yo, Viberti. Desde que se supo que se jubila es como si ya se hubiera retirado. Te aseguro que no se entera.

—Como nos pasará a todos cuando nos jubilemos, excepto a ti, claro. Que seguirás hecho un pepe porque para eso te obsequiaron en el Instituto Nacional de Previsión con esa gollería de pensión.

—Lo que me correspondía, Viberti. Ni más ni menos. De obsequio, nada de nada, valga la redundancia. ¿Y qué se contaba Aráez?

—Poca cosa. Anda bastante desconectado. Pero lo suficiente para ponerme sobre aviso. Que son unos jipis, que dicen pertenecer a una secta llamada 'Hijos del alma' pero que sospecha que en realidad son unos fumados, que se pasan el día follando entre ellos, alimentándose de lo que pillan del monte o robando en alguna granja. Tienen un líder al que llaman Guía Superior o algo por el estilo, que a Aráez le parece un caradura sin escrúpulos y lo único que hace es beneficiarse a los nuevos adeptos. Y a las adeptas. No hace distinciones en su jergón por lo que se rumorea.

—¿Y eso es legal?

—Si es con consentimiento, debe serlo. Pero según Ponce su criatura aún no ha cumplido los 18 años y por lo tanto puede reclamar la patria potestad y devolverlo a casa. Así que al menos en esos casos es ilegal. O eso parece.

—¿Y por qué no se presenta aquí y se lo lleva?

—Porque el chaval no se aviene a razones, Ponce no quiere forzarle y su madre tampoco. Prefiere no montar ningún numerito y piensa que si aparece por el Pico el equipo de confianza del Ayuntamiento, con ese papelito que te han firmado en Secretaría que avala la propiedad municipal del edificio y del terreno, el chico agachará la cabeza, se meterá en el coche y volverá a casa. Y Ponce prefiere que vayamos nosotros en vez de llamar a la policía. El escándalo y esas cosas, ya sabes.

—Ya sé, lo de siempre, vaya. La pesadilla que se muerde la cola.

La frase, la equivocada frase hecha, tuvo la virtud de zanjar la conversación, porque además habían dejado ya la carretera y avanzaban por un sendero, a ratos grava y a ratos césped, que moría en la parcela donde se aposentaba el edificio principal. Había una desvencijada furgoneta aparcada en un extremo y dos bicicletas igual de cochambrosas apalancadas contra el capó. No se veía a nadie. Ni en la casa ni en los alrededores. El trío se apeó del coche, siempre con el explorador Goñi al frente, y se encaminó hacia la casa grande, un edificio de ladrillo que alguna vez militó en el estilo neogótico pero que ahora presumía de su propio código arquitectónico, consistente en la ausencia de dignidad en sus muros, perdidas las filigranas decorativas y rebosante de desconchados, observables también en la techumbre. De alguna de sus habitaciones salió de repente una voz: «Alto ahí. Esto es propiedad privada».

Mientras intentaban adivinar de dónde venía la orden, los miembros de la misión municipal vieron que, de un bosquecillo próximo, emergía un grupito de harapientos jóvenes, dominados por una común devoción a la mugre tanto ellos como ellas, que se distinguían también por prescindir del sujetador en su indumentaria. «Los jipis, Viberti», le avisó Goñi. El grupito intimidaba, aunque no blandía ninguno de sus miembros instrumento o utensilio alguno que pudiera considerarse amenazante, tampoco desde luego un arma. Llevaban las manos vacías, pero sus rostros, reconcentrados en una adustez exagerada, las caras tan sucias, las ropas ricas en lamparones y la tenebrosa atmósfera circundante (había bajado algo la niebla, ni rastro de sol, el calabobos que no cesaba) infundían algún canguelo a la comitiva que comandaba Goñi. Fue él por supuesto el primero en reaccionar.

—No sé quién nos habla, pero tengo que advertirle que está en un error —gritó Goñi—. Esta edificación, las colindantes y todo el terreno adyacente son propiedades del Ayuntamiento. Su estancia aquí es completamente ilegal.

—¿Y eso quién lo dice? —tronó de nuevo la voz inidentificable.

—Lo digo yo, lo dicen estos caballeros que me acompañan y lo dice un papelito que llevo en la americana, valga la redundancia.

Los miembros de la presunta secta se habían acercado tanto al trío, siempre en silencio, que casi lo rodeaban. De la voz no hubo noticias durante unos segundos. A Viberti le pareció que les hablaba un hombre, pero cuando su propietaria salió a la luz y se hizo presente en el atrio cubierto por un porche a dos aguas se sorprendió de encontrarse ante una mujer. Una mujer de voz ronca, aguardentosa, que se dirigió hacia ellos con pasos muy lentos, como exhalando en cada zancada un principio de autoridad que sus fieles debían interiorizar.

—Este sitio está abandonado, como pueden ver. El Ayuntamiento debería darnos las gracias por haber evitado que se cayera y darle un poco de dignidad. Y como no le hace ningún caso ni se lo ha hecho desde hace siglos, nos parece justo seguir aquí. Le pueden trasladar ese mensaje al señor alcalde o a quien les haya mandado venir a incordiarnos.

—Verás, monada —ahora era Viberti quien hablaba.

—¿Monada?

—Monada he dicho. Es un apelativo cariñoso, señal de que venimos de buena fe. Como acaba de avisarte mi compañero, lo que tú creas o lo que yo opine carece de importancia. Aquí lo que interesa es lo que también te acaba de contar, que tiene un papelito que dice que esto es del Ayuntamiento y como resulta que nosotros somos del Ayuntamiento, ya podéis ir ahuecando el ala, meter vuestras cosas en la furgoneta y marchar por donde habéis venido.

—¿Es una orden?

—No, es un consejo.

—¿De amigo?

—No, de amigo no. Yo no soy vuestro amigo. Más bien vuestro profeta: os estoy leyendo el futuro.

Un par de jovencitos lanzó un conato de risa que la mujer atajó con una mirada. Viberti observó a los que se habían reído. Intentaba descubrir en alguna de esas caras grasientas algún rasgo donde habitaran los genes de Ponce pero todos esos pobres jipis le parecían igual de sucios, mal peinados y andrajosos. De su inspección le rescató un codazo de Deusto, que le señaló hacia un balcón de la casa, donde acababa de aparecer un tipo con una túnica color burdeos, luenga melena y barba hirsuta que reclamaba también la atención del resto de reunidos bajo su autoridad.

—¿Se puede saber quiénes son ustedes?

—Enviados del ilustrísimo señor alcalde —respondió Goñi.

Nuevas risitas entre el grupo, semblante serio tanto de la dama portavoz como del hombre que parecía su líder: el Guía Superior, un flacucho caballero que desapareció del balcón, compareció unos segundos después ante ellos ya al pie del edificio y les conminó con estas palabras: «Si son del Ayuntamiento, enseñen algún papel que lo demuestre. O serán ustedes los que se vayan por donde han venido». Mientras parlamentaban, Viberti notó que uno de los chicos del grupo, de apariencia más joven, curioseaba alrededor del Dodge. «No le quites ojo a ese», le susurró a Deusto. Y dirigiéndose al líder, contestó: «Verá usted, eso que me pide es tan inapropiado como que yo le pida a usted el carné de identidad. Ninguno lo necesita para saber quién es. Como le acabamos de advertir, venimos del Ayuntamiento. Es obvio que ustedes no. Han estado aquí unos meses de prestado, pero las vacaciones ya se han terminado. Se van y aquí no ha pasado nada».

—¿Aquí no ha pasado nada? —le contestó el Guía—. Qué gracioso. Aquí ha pasado mucho estos meses. Mucho y todo bueno. Hemos dado auxilio a jóvenes de su ciudad que penaban por el mundo sin un objetivo preciso, débiles voluntades a punto de que se las llevara el viento. Les hemos dado cobijo y un propósito para su vida. Un techo donde dormir y sobre todo mucho amor. Amor, amor y amor, a raudales. Lo que no tenían en su ciudad. Lo que su Ayuntamiento les niega.

—Estupendo, muy bien, muchas gracias. Lo comunicaré al alcalde para que le ponga una medalla. Hasta entonces, lo dicho. Furgoneta y para casa. Eso, suponiendo que no hayan cometido ningún delito.

—¿Delito? ¿Es delito practicar el bien común y aliviar los tormentos de esta juventud que no sabe adónde ir?

—Si son menores de edad, es delito. Y por lo que veo, ese parece ser el caso de algunos de estos críos. Aquel, por ejemplo.

Viberti señaló hacia el muchacho que fisgaba alrededor del coche, que se había acabado por sentar en el estribo.

—¿Ese? ¿Qué pasa con él?

—Pasa que no tiene aún los 18 años de edad, que sus padres lo reclaman en casa y que mientras ustedes empaquetan sus cosas y se hacen humo, él se viene con nosotros.

El chico no se dio por aludido. En realidad, parecía que nada le concernía. Viberti supuso que estaba drogado o su voluntad anulada por otros procedimientos, químicos, físicos o mentales, y dio con la cabeza la orden a Deusto para que se ocupara de él. El flamante chófer del alcalde le tomó por el codo y lo empezó a conducir hacia el interior del coche, sin encontrar ninguna resistencia. Como si fuera un pajarillo. Pero la tensión no desaparecía. El Guía Superior también sabía dar órdenes. Con un movimiento de cabeza, puso en acción a los suyos, que empezaron a rodear el Dodge, sin dejar de lanzar advertencias al trío municipal: «Siento decirle que está en un error. De aquí no se va nadie, como le acabo de avisar. Y menos que nadie el hijo de Ponce».

Todos en el Ayuntamiento sabían dónde localizar a Viberti cuando se ausentaba de su despacho pero todos sabían también que esa era la señal de que no quería ser localizado, apalancado detrás de la mesa en teoría propiedad de Irízar. En las raras ocasiones en que abandonaba su guarida recién conquistada era porque iba de visita al despacho del alcalde, con la particularidad de que se tomaba esa libertad aunque Verdú no estuviera adentro, luego de saludar a Violeta e ignorar los códigos de pompa y boato adecuados a los nuevos tiempos que la secretaria pretendía implantar en los dominios del alcalde.

—Vacaburra.

—Imbécil.

—Maleducada.

—Panoli.

—Estúpida.

—Ordinario.

—Tontaina.

—Lila, que eres un lila.

Ajeno al protocolo, Viberti se apropiaba de las estancias de alcaldía, decoradas según la fusión de los dos mundos que entonces pugnaban por dominar aquel edificio y la autoridad que de él emanaba. Mobiliario de oficina gris azulado, con estanterías metalizadas y las primeras sillas con ruedas y respaldo reclinable conviviendo con los restos de antiguos fastos en forma de aparatosos muebles de escasa utilidad y vago estilo castellano, que Verdú bautizó según se hizo con el trono municipal con una de esas ocurrencias suyas, de seco ingenio: les llamó estilo remordimiento y así quedaron instaladas en el imaginario del propio alcalde y su núcleo cercano de colaboradores, indiferentes a las recomendaciones del regente mayor, el funcionario encargado en el Ayuntamiento del sinfín de cuestiones menores que solo a él le resultaban trascendentales y de mantener cierto respeto hacia los antiguos usos que también solo a él parecían incumbirle. Una ocupación que incluía cierto celo en preservar el idioma previo a la irrupción de los nuevos jefes de la cosa municipal y el cuidado de algunas antiguallas sometidas a su administración: los muebles del viejo régimen que se desmoronaba. Jamuga nombró por ejemplo a una extraña silla dispuesta en una esquina del despacho de Verdú y así captó la atención de Viberti, que la eligió como su propio asiento intransferible. Solo él se sentaba en la jamuga, artefacto incomodísimo para sus huesos que sin embargo garantizaba cierta discreción por su emplazamiento, distante de la silla de Verdú y de la mesita baja con sofá y taburetes donde recibía el alcalde a los visitantes de más elevado pedigrí, lejos de la puerta de acceso y vecina de otra puerta que conducía a los dominios de Simarro, por donde Viberti solía escabullirse sin dar explicaciones cada vez que se aburría.

Esa fue la maniobra que ejecutó a la vuelta del Pico del Buitre. Pasó por su auténtico despacho, de ahí atravesó al que había usurpado a Irízar, media vuelta hasta donde Verdú previo intercambio de insultos con Violeta y, una vez comprobado que el alcalde estaba ausente, ronda final hasta la oficina de Simarro, que había huido dejando clavado con una chincheta en la puerta el papelito de rigor: «Estoy en la cafetería». Fue donde lo encontró Viberti, de tertulia con un par de enlacadas funcionarias de Festejos durante la media hora preceptiva de cafelito que siempre duraba media hora más. A una señal suya, Simarro se acomodó en una mesa con Viberti, pero en cuanto observó que se disponía a participarle de algún secreto, le contuvo mediante el procedimiento de llevarse un dedo a los labios cerrados: «Chitón». Dicho lo cual, salieron ambos al corredor central del edificio en dirección hacia el escondite de Irízar mientras, sin saber muy bien cómo ni cuándo, notaban que Goñi se incorporaba a la comitiva. Solo una vez sentado en la poltrona del arquitecto jefe que ocupaba por delegación, dándose vueltas como si estuviera en el sillón de Canario, su antiguo barbero y confidente, Viberti desenfundó.

—La próxima vez que nuestro común amigo el señor alcalde me encargue una operación de rescate me gustaría disponer de toda la información. ¿Serás tan amable de comentarlo con él, Simarro querido?

Simarro sonrió. Goñi, también. Viberti, por el contrario, permanecía con el ceño fruncido, ese gesto de concentración superlativa que le había hecho célebre en su anterior destino, pero que no había tenido hasta entonces oportunidad de exhibir desde que se enroló en el equipo de Verdú. Era el gesto que Simarro tenía entendido que le distinguía con ocasión de los preparativos para las coberturas más determinantes, cuando estallaba la agenda informativa y convulsionaba la redacción entera, el mismo escenario que parecía dibujarse ahora para el trío de conspiradores y a continuación para todo el Ayuntamiento si prosperaban las ideas que bullían en la cabeza de Viberti.

—Fíjate, Viberti —le contestó Simarro al fin—, que te he oído comentar como unas mil veces que en determinadas circunstancias es preferible no compartir toda la información con quien tenga que ejecutarla. ¿No es así como hacías tú con Lico y el resto de tus redactores cuando dirigías ese periodicucho? Es lo que te tengo oído, vaya.

—Eres muy gracioso, Simarro, pero que mucho. No lo notas, pero me estoy tronchando por dentro, como aquí el amigo Goñi, solo que yo disimulo.

Goñi se reía desde luego, aunque en su caso no tenía mérito porque esa era su actitud habitual ante la vida, la vida que debía hacerle mucha gracia. Pero Viberti conservaba el ademán adusto con que bajó a la cafetería a por Simarro y lo llevó a confesar sus crímenes, una cierta rabia interior que florecía en gestos menores (rascarse la barba mal rasurada, ir vaciando con demasiada prisa una de las licoreras, cerrar del todo la claraboya con vistas al vestíbulo) y confluía en ese interrogatorio a Simarro que sin saberlo ninguno, Goñi incluido, ya había comenzado.

—A ver, que yo me entere. Resulta que el Guía Superior o como se llame el tipo de la túnica era uno de los chicos del reformatorio. ¿Voy bien, Simarro?

—Pero que muy bien, Viberti. ¿Ves como no es necesario contarlo todo? Tú mismo te las apañas estupendamente y así resultas más efectivo.

—¿Efectivo? ¿Efectivo para quién?

—Para quién va a ser, para tu jefe. El alcalde. Esta es la primera lección que quiere que aprendas con encargos de este tipo: que es tu jefe. No tu colega ni tu compinche de correrías. Tu jefe. Y tu jefe administra la información que nos proporciona, a ti y a mí, con la sabiduría propia de quien está un par de escalones por encima de nosotros. Pero solo un par, Viberti. Sigue siendo uno de los nuestros, si eso te preocupa.

—Me preocupa quedar como un bobo, sobre todo delante de esa banda de jipis de mierda. Que es como hemos quedado Goñi y yo.

—Por mí no te preocupes, Viberti —intervino Goñi—. Estoy acostumbrado a quedar a la altura del atún.

—Pero por mí sí que me preocupo, Goñi. Porque me tengo algo de cariño y porque el poco prestigio que tengo no se puede ir arrastrando como acaba de suceder en el Pico del Buitre. Allí todo el mundo estaba al cabo de la calle, menos nosotros.

—¿Y qué supones que ellos sabían y tú no, Viberti? —le preguntó Simarro.

—Lo obvio. Que todo ese follón de la secta tiene mucho de postizo. Que huele a venganza de los chicos del reformatorio contra Ponce, para golpearle donde más le duele. Su chico.

—Su chico, en efecto. Por el chico no te preocupes, que me parece que es bastante más espabilado de lo que piensa su padre y sabrá buscarse la vida. En dos días será mayor de edad y se podrá ir de casa sin que nadie se lo impida. Con los jipis o donde le dé la gana.

—¿Y entonces? ¿De qué vale presentarnos allí para meterlo en el Dodge y llevarlo de vuelta a casa?

—Vale de mucho, Viberti. Pero que de mucho. Una estupenda victoria, una jugada ganadora en varios tapetes. El primero, Ponce. Le haces un favor y ya te debe una.

—Me alegro muchísimo aunque no tengo intención de cobrarme ninguna deuda. Espero que haya salido de mi vida igual que entró, en un parpadeo. No me gustaba el viejo Ponce y no me gusta este otro Ponce que veo, con mariconera, nada menos. No me fío, Simarro.

—Eso es cosa tuya. Pero además de hacerle ese favor digamos que personal, acabas de establecer con él por mandato del alcalde una deuda de mayor rango. Y Verdú se la acabará cobrando. De hecho, se la está cobrando ya.

—No te sigo, explícate.

—Sencillo, Viberti. ¿Sabes lo que nos falta a ti y a mí pero Verdú tiene de sobra? Panorama. Visión periférica. ¿Por qué te crees que fueron a buscarle a él para hacerle alcalde? Porque quienes toman esa clase de decisiones saben muy bien a qué juegan, de qué va esto. Visión periférica, Viberti. ¿No habías oído hablar de ese concepto?

—Ni idea. Mi visión por lo que deduzco es mucho más limitada. Necesito que me guíes.

—Guiarte será sencillo también, Viberti. Ponce, no se te olvide, es el tipo que maneja los hilos de la oposición. Ya sabes que de repente se hizo rojo y pasó de trapichearse bajo manga a los chicos del reformatorio a convertirse en esto que ves ahora. No tiene cargos ni aquí ni en el partido, pero todo se mueve desde su consulta, como supongo que sabrás. Ahí se cuece todo. Y cuando digo todo, quiero decir casi todo.

—Algo he oído. Pero sigo sin ver el cuadro completo.

—Pues espabila, que te he contado la película casi entera. El cuadro ya es muy fácil de completar. El alcalde se entera de los líos de su hijo, hace llamar a Ponce para que se desahogue, consigue que le pida que por favor haga algo y entonces entras tú en acción. Bueno, tú y el amigo Goñi, siempre tan eficaz.

—Y el camarada Deusto.

—Eso, y Deusto también. Habéis hecho entre los tres un estupendo trabajo. El chico ya dormirá esta noche en casa, su madre dejará de llorar y es posible que para estas horas Ponce se haya dado cuenta de que le debe al alcalde un favor de los grandes, el cual Verdú se cobrará cuando toque, como te decía, si es que no se lo está cobrando ya. Más temprano que tarde. Visión periférica se llama la figura.

Dando vueltas y más vueltas en su silla, Viberti enmudeció durante un largo rato. Se puso luego de pie para abrir el ojo de buey como le gustaba, por la mitad, y observar el tráfico de entrada y salida del ayuntamiento, buscando tal vez la inspiración para su siguiente jugada. Simarro le notó satisfecho, como si esa conversación rompiera el velo de ingenuidad, o de ignorancia, con que había correteado hasta entonces por sus recién adquiridas atribuciones. Como si al fin supiera Viberti para qué y en nombre de qué le quería Verdú a su lado.

—Cuando me echaron del periódico —confió a sus compinches—, me sentí en cierto sentido liberado. ¿Queréis saber por qué?

—A ver, Viberti —respondió Simarro.

—Porque dejaba de trabajar de lo de siempre, de culpable. Pero ahora veo que Verdú quiere que siga haciendo lo mismo, de culpable.

—Bingo, chaval, aunque no te confundas. Esa es una tarea repartida entre nosotros, empezando por el propio señor alcalde. Todos somos culpables hasta que no demostremos lo contrario.

—Y esto de Ponce, ¿en qué nos beneficia?

—No lo podemos saber aún. Nunca se sabe, pero no te hagas de nuevas. Seguro que tú te conducías igual en el periódico. Digamos que con la leal oposición se establece gracias a este tipo de detalles una sociedad de socorros mutuos. Y así la ciudad va avanzando.

—En eso no se diferencia mucho de lo de antes.

—No se diferencia mucho, pero se diferencia en algo. Y algo es bastante. A veces, más que suficiente.

—No sé si creerte. O si quiero creerte. De momento, haré como tú.

—¿El qué?

—Engañarme a mí mismo. Tengo alguna práctica y suele dar resultado.

—Me consta. ¿Quieres algo más de mí o me puedo retirar a mis aposentos? Tengo que ir con Verdú a inaugurar no sé qué. Un semáforo, creo.

—Una cosa más.

—Usted dirá.

—El Guía. El Guía y sus feligreses. ¿Se sabe algo de ellos?

—Ni idea y la verdad es que me dan lo mismo. Si tenemos que preocuparnos por cada sujeto que nos tropezamos por el camino, mal asunto. Nos desviamos del objetivo central.

—Que es...

—Que es lo que tenga que ser. Todavía no lo sabemos, es pronto aún. Lo descubriremos por el camino. Pero si te preocupan todos esos chicos, calma el genio. Son adaptacionistas por naturaleza, es la lección que aprendieron desde la cuna y les enseñaron en el hospicio. Ya saben que el hombre es el lobo para el hombre sin haber estudiado filosofía. Y a su manera, estarán felices. Han hecho sufrir durante un rato a Ponce, que tan mal les trató.

—Sobre todo, al Guía.

—Sobre todo, al Guía. Y a una chica que lleva como de lugarteniente. Eran los favoritos de los habituales de la Casa Azul, cuando los llevaban al chalecito medio a la fuerza o con la promesa de compensarles con cuatro duros a cambio de someterles a todas aquellas aberraciones que tú tampoco olvidas, y esa es otra lección que han aprendido, que el infierno también está en la Tierra.

—A ti sí que te veo filosófico, Simarro.

—Siempre lo he sido, lo que pasa es que procuro que no se note. Y menos desde que nos metimos a la política, que me parece que está reñida con lo de filosofar. Aquí no valen abstracciones. Aquí el dios máximo es la eficacia.

—Siento discrepar —terció Goñi inesperadamente. Hasta ese momento había asistido muy divertido pero mudo al relato completo de la historia, cabeceando risueño en las fases de mayor desconcierto para Viberti, repitiendo para sí alguna de esas frases que se habían sucedido, como visión periférica, que él ya había traducido a su propia verborrea como misión periférica. Cuando Simarro y Viberti le interrogaron con la mirada para que se explayara y resolviera el enigma que acaba de introducir, Goñi liquidó el misterio:

—En la política municipal, según tengo observado, el Dios máximo es el secretario del Ayuntamiento.

—Ja —se rio Simarro—. ¿Y entonces, el alcalde qué es?

—El alcalde —respondió Goñi— solo es su profeta.

—¿Y tu enfermera, Viberti? ¿Ya la cuidas?

Canario lanzó esa pulla según se acomodaron ambos en la galería de la residencia orientada a poniente, donde culminaban sus respectivas jornadas dispuestos a compartir la cena (sopa de menudillo, tortilla de calabacín, un plátano) que solía quedarse sin tocar en la bandeja. Ninguno tenía apetito. Viberti nunca lo había tenido y esa bazofia además le espantaba. «Huele a medicamento», se asqueaba. Canario lo había perdido desde que lo ingresaron y además con media cara paralizada por el derrame que lo llevó hasta allí, previo paso por el hospital, comer le daba mucha pereza. Exigía de él un esfuerzo para el que no tenía ganas. Prefería alimentarse a través del propio menú que confeccionaba mediante su ingenio: afanaba flanes y natillas de la cocina, aprovechando la candidez de la hermana encargada, pedía a las visitas que le llevaran las viandas que sí saboreaba (sobre todo, bolsas y más bolsas de maíz tostado) y completaba su dieta con generosos tragos de un vinazo oscuro, como de carretero, que le allegaban amigos y conocidos cuando iban a comprobar sus mejoras y le veían pelearse contra los peajes que exigía su convalecencia, que todos presumían, como él, larga y pródiga en contratiempos. Así se lo diagnosticaron en el hospital cuando le dieron el alta y así observaba Canario también sus avances, siempre demasiado pobres para su juicio, que por el contrario maravillaban a quienes lo conocieron en sus primeros días tras el ataque, vegetal en su cama comunicándose mediante parpadeos.

—Lo peor es que no me dejan tener aquí la radio, Viberti —se quejaba cada vez que le visitaba.

—No llores tanto, Canario. Estás mejor sin ella.

—Que te crees tú eso. La radio me daba la vida cuando estaba bien y me la daría más ahora que ando como ando.

Pero Canario, barbero de oficio, radioaficionado de corazón, cotilla insigne de la ciudad que solo rendía servicios a Viberti, suplía el desabastecimiento de aquel caudal casi inagotable de información, su principal y casi única fuente de entretenimiento, gracias a las metódicas visitas que le regalaban aquellos semidesconocidos de quienes antes solo le llegaba su voz y que se fueron materializando ante sus ojos cuando se difundió entre ellos la noticia de su enfermedad y una cuerda de radioaficionados se apuntó a darse una vuelta por la residencia, compartir con él las últimas novedades de las escuchas y hacerle el favor de propagar por el éter sus peticiones, que solían ser los favores que a su vez Viberti también le suplicaba. Una pauta añadida a otra, esas visitas de Viberti al final de cada tarde. Le traía un paquete de caramelos mentolados, que le ayudaban a eliminar del aliento el pestazo a vino, bolsas de maíz y un par de novelitas (Marcial Lafuente Estefanía casi siempre, a veces Lou Carrigan, también alguna de Keith Luger o de Silver Kane) para combatir el aburrimiento. Luego salían de la habitación al jardincito y, bajo un cedro descomunal, Canario repasaba las novedades, haciéndose el interesante. Un ritual al que Viberti accedía con exagerada paciencia para su propio asombro. Su anterior yo, nervioso y directo, había muerto y resucitado en forma de este otro Viberti que parecía de verdad atento a las tonterías que su exbarbero le participaba, consistentes la mayoría en secretos de alcoba que su cofradía de radioaficionados le hacía llegar en la confianza de que arrancarían algún interés de Viberti. Solo cuando llevaban un rato hablando de naderías, Canario captaba que el momento de desplegar la información mollar había llegado. Lo notaba porque reaparecía el viejo Viberti, el impaciente, que se dedicaba hasta entonces a mirar a las musarañas mientras la cháchara declinaba y a fisgar el trajín que se llevaban las hermanas paseando a los internos en sillas de ruedas o rezando el rosario en los bancos de forja que festoneaban los parterres. Era un ritual cotidiano. Superado ese paréntesis, Viberti miraba fijamente a Canario, le apremiaba con los ojos y también luego con el mentón, haciendo la muda pregunta: «¿Qué?».

—Estás en buena forma, Viberti, aunque un poco espeso. El Viberti que conocí se hubiera coscado de la jugarreta bastante antes. Pero, en fin, el caso es que te diste cuenta. El español piensa bien, pero tarde. Y además llevas razón.

—Cuenta.

—Aráez, Viberti. La clave es Aráez. Tú me dices que la ciudad de ahí afuera ha cambiado y no te digo yo que no, pero de momento todo sigue girando alrededor de Aráez.

—Será casi todo, Canario.

—Lo que tú digas. Pero como te digo tu olfato sigue funcionando relativamente bien. Fue cosa de Aráez aunque según parece acatando órdenes de arriba.

—¿Verdú?

—Ese mismo, tu amiguito el alcalde. Para que te fíes de las mosquitas muertas.

—Ahí no llevas razón, Canario. En ninguna de las dos cosas. No es una mosca muerta, eso ya lo sabía desde que le vi zamparse su primera tortilla francesa y liarse con la India. Y tampoco llevas razón en lo otro: yo no me fío. No me fío ni de mi propia sombra. Ahora mismo la estoy vigilando de reojillo porque creo que intenta asesinarme.

Por un momento, Canario dudó si ponerse a espiar por dónde les acechaba la sombra de Viberti, pero fue eso, apenas un suspiro. Reaccionó soltando la risa que ese comentario buscaba, sabiendo además que era la señal de que volvía a estar en compañía del Viberti de siempre. El sabueso de pensamiento rápido y libre, que en realidad se acercaba a sus dominios no para que le contara lo que ya sabía, sino para que le confirmara lo que ya suponía.

—O sea, que el alcalde puso a Aráez detrás de la pista de los jipis. Fue el que enredó al chico de Ponce.

—Más o menos. Se enteró de que al chaval le iban las cosas raras. Está apuntado en una asociación de amigos de los ovnis o algo por el estilo. Ya ves, un tontolaba. Y me cuentan que se junta con otros a jugar a la güija, no sé si sabes qué es.

—Algo he oído. Hablar con los muertos.

—Eso mismo. Como si no tuviéramos bastante con soportar a los pelmazos de los vivos. Así que sumas dos más dos y te sale el Ponce junior bajo el radar del Guía Superior o como se llame el pájaro. Una emboscada de la vieja escuela y ya tiene lo que iba buscando: como quien no quiere la cosa, Aráez le sopla las novedades a Ponce, que se pone hecho una furia con su hijo porque imagino que su mujer también le calentaría la cabeza y acaba llamando al timbre del Ayuntamiento, para que el alcalde te ponga a ti y al amigo Goñi de camino hacia el Pico del Buitre. No me extrañaría que incluso les hubiera sugerido el propio Verdú que se podían quedar en el refugio. Total, por allí no va nadie.

—Encajaría, desde luego. Pero eso es lo de menos. Es mucho suponer y además me da igual.

—Sí, es lo mismo. Pero sería hermoso, ¿no crees? Aunque seas el primo de esta historia, debes reconocer que es una estupenda jugada. Maestra. Una baza ganadora recién aterrizado por el Ayuntamiento, con la oposición adormilada para un buen rato porque Ponce le debe ahora al alcalde un favor de los gordos. Jaque mate, Viberti. Jugada maestra, como te decía. Y bastante inocente, casi sin víctimas. La única, Ponce, que lo tiene bien merecido y además sale también ganando. Ya tiene al chico de vuelta en casa. Una jugarreta incruenta, para variar. A ver si va a ser verdad que la ciudad está cambiando. En vez de fiambres, ahora tienes desaparecidos.

—La ciudad no cambia, Canario. Cambia la forma en que es administrada, pero de momento sigue siendo ella la que manda. Esto de Aráez y Verdú lo demuestra.

—Y demuestra también que cuando te da la gana vuelves a ser el que eras.

—¿Y quién era, si puede saberse?

—Un tocapelotas, Viberti. Pero no hace falta que te lo diga yo. Ya sabes tú solito que eres un incordio que ahora tiene su propia baza ganadora con el alcalde y que te la vas a cobrar.

—Tiempo al tiempo, Canario

—Tiempo es lo que menos tengo. Esto mío ya no es vivir. Es durar, Viberti.

Canario pronunció esta frase abatido. Ensimismado, había ordenado a Viberti con un giro de cabeza que le guiara con la silla de ruedas hacia el comedor. Se echaba la noche encima y el viento jugueteaba con los rosales, formando un barullo de pétalos caídos sobre las losetas del jardín en dirección al cuerpo central del edificio donde las Hermanas Reparadoras gestionaban la decadencia de seres desvalidos como Canario, a quien Viberti empezó contemplando con pena en sus primeras visitas y ahora con una especie de conformidad con su triste destino, que era digno de lástima, pero tan doloroso como cualquier otro. Y entonces concluía esas meditaciones pensando en sí mismo, habitante de su propio centro de atención convaleciente, y se acordaba de sus días en el hospital recuperándose de una paliza que casi lo mata, como recordaba igual de bien ese momento en que estuvo a punto de abandonarse, de dejarse ir, la misma fase que estaba atravesando Canario. Una resignación, como la del agua que acepta precipitarse hacia el sumidero, un fúnebre pensamiento del que unos sonidos le rescataron.

—Suena una guitarra, Canario.

—Qué observador, Viberti. En otra vida has debido ser periodista.

—Y tú Fernando Esteso, qué chistoso. ¿Alguna monja cantando temas de esos de los Carpenters?

—Peor, Viberti. Un chavalito recién ingresado que tiene la cabeza perdida y cree que nos anima las tardes cantando rancheras.

Era muy joven en efecto el guitarrista. Viberti calculó que frisaría la mayoría de edad. Ni siquiera había empezado a afeitarse aunque la caballera se le había retirado precozmente y le otorgaba un signo de madurez inexistente. Tocaba rancheras para un auditorio formado por enfermos como él, un grupito de monjas y alguna visita. La guitarra no era lo suyo. Apenas unos acordes elementales rasgueados sin gracia alguna, pero al menos su voz despertó el interés de Viberti porque cantaba como transportado, dominado por un eco muy lejano y doliente. En algún momento de su temprana vida alguien le había herido y trastornado, una evidencia que también trastornó a Viberti por un instante, porque le pareció que hablaban el mismo idioma y que en la letra de aquella canción dormía la respuesta a la pregunta que le había hecho Canario y él no había contestado. Pensó de nuevo en él mismo como paciente de aquel hospital donde creyó encontrar su rumbo, pensó en cuántas veces la enfermera se metía en su cama en las quietas tardes del hospital, encerrados a oscuras en la habitación, fumando y atacando la petaca compartida, y pensó además en cómo algunas canciones retratan mejor que uno mismo los avatares de su alma atormentada y extraviada. «Yo tampoco tengo nada que sentir / y eso es peor / pero te extraño. / Es verdad que la costumbre es más fuerte que el amor». La estrofa que el jovencito cantó aún más lento, silabeando.

Cuando Viberti salió del asilo, lloviznaba. Le supo mal. Honorio le tenía advertido que cuando llovía no le apetecía ir a pescar al día siguiente, porque se encontraba la orilla del río perdida de barro y se ponía la ropa y los zapatos como un cisco, lo cual significaba que en lugar de esa tertulia semimuda con que solían amanecer ambos, mientras veían si los barbos picaban o aparecía algún pelma a dar la tabarra, mañana carecería de esa clase de excusas que se dirigía a sí mismo para evitarse el calvario de ingresar a primera hora en el ayuntamiento. La lluvia se convirtió en un aguacero a medida que volvía a casa, con la letra de esa canción aguijoneando una parte oscura de su conciencia, hasta el estremecimiento. Pensó otra vez en la enfermera, pero solo fue una ráfaga aislada, un rayo fugaz, mientas se subía los cuellos de la gabardina. El chico cantaba mal, pero con intención. Tenía clase, una prosodia particular. Y sentido del tiempo, porque entonaba muy pausado cada estrofa y cuando estaba sobre ella utilizaba su voz como un gatillo que aquella tarde percutió sobre el estado de ánimo de Viberti, más crepuscular que de costumbre, mientras tarareaba para sus adentros. «Aunque ya no sientas más amor por mí, / solo rencor, / yo tampoco tengo nada que sentir, / y eso es peor».

Se le daba bien meditar mientras bebía, así que vació la petaca y se refugió del diluvio en el primer portal que tuvo a mano. El azar le había conducido hasta la calle donde vivía Ponce, cuya casa estaba justo enfrente. Vio entre una densa cortina de agua que había luz en la ventana de su consulta y se lo imaginó tramando algo. Tenía siempre con Ponce la sensación de que nada era suficiente. No se fiaba de él ni siquiera ahora, cuando se le veía malherido. Y se preguntó entonces, a punto de reanudar la marcha en cuanto vio que la luz se apagaba y el chaparrón cesaba, si debía fiarse de alguien. ¿De Verdú? ¿Y de Canario? Llevaba un rato pensando en él. Sospechaba que era quien había sugerido al guitarrista que empezara atacando ese tema, porque casaba bien con su pregunta sobre la enfermera, ese disparo con que le había saludado y también desconcertado. Iba empapado por la ciudad, una solitaria sombra en plena combustión, con la sangre caliente bullendo por dentro, un hombre en llamas, temeroso de sí mismo como casi siempre. Meditando llegó hasta el portal de su casa. Para entonces, todos esos pensamientos empezaban a darle igual. Solo le inquietaba darse cuenta de el declinar en que había entrado Canario, su perra vida. Perra como la vida perra que llevaban los amantes de esa ranchera. Le asustó imaginar que pudiera ser una desolación contagiosa, el destino cruel que tal vez le aguardaba. Y Viberti concluyó que él no quería una vida así. No quería una vida como la de Canario. Quería vivir, no durar.

2. La noche americana

EL PRODUCTOR

—Ustedes perdonen, caballeros.

Viberti miró de refilón a quien así le hablaba, mientras intentaban entrar a la vez en el ayuntamiento y medio chocaban en la puerta. Goñi también le miró, pero a diferencia de Viberti reconoció en ese preciso momento al orondo personaje que les cedía el paso con un ademán cortés pero enérgico. No había lugar a discusiones, así que acataron la orden, le precedieron y mientras Viberti regañaba a Probo («Te tengo dicho que tengas abiertas las dos hojas de la puerta, que esto parece un pasadizo»), Goñi observó que luego de ingresar tras de ellos en el ayuntamiento tomaba muy resuelto la escalera principal, que iba directamente a la fortaleza del alcalde. Se asomó para husmear por el hueco de la escalera, comprobó que el visitante se ponía en manos de Violeta y, seguro de que ya no les podía oír, propinó un codazo a Viberti.

—¿Qué hará este por aquí? —le interrogó.

—¿Este? ¿Quién es este?

—El gordo que nos ha cedido el paso. No me digas que no lo conoces.

—Ni idea.

—Pues despierta, Viberti, que nos estás fallando. Que lo conoce la ciudad entera y tu obligación es tener prevenido al alcalde de quién se le puede presentar en el despacho de buena mañana y sin pedir cita, valga la redundancia.

—¿Y me vas a decir quién es después de reñirme?

—Claro que te lo voy a decir, aunque te seguiría riñendo muy a gusto, pero no tengo tiempo. Es Biosca, el productor.

Por supuesto, Viberti había oído hablar de Biosca, porque, como bien sostenía Goñi, de sus andanzas toda la ciudad estaba al cabo de la calle, pero no había tenido el gusto de conocerlo en persona y ni siquiera entonces, cuando Goñi le guiaba al santuario de Irízar y ambos tomaban posesión de sus respectivos asientos, podía concluir que sabía quién era, porque lo había visto apenas de pasada y solo se había quedado con lo estupendo de su figura, tan maciza. Desde siempre le habían interesado los gordos y Biosca no era una excepción, aunque necesitaba más tiempo para estudiarlo de cerca y saber a qué categoría de gorduras pertenecía, porque Viberti asignaba a cada gordo con que se tropezaba una determinada etiqueta según un código que tenía mucho de delirio y que convenientemente regado de alcohol alguna noche se animaba a compartir con sus íntimos. En esas ocasiones, explicaba que había muchas clases de gordos. «Los gordos que no lo saben, los gordos que aspiran a dejar de serlo, los gordos satisfechos de su gordura, los gordos lindantes con una enfermedad muy grave, los gordos de cintura para arriba, los de cintura para abajo, los gordos solo de tripa», enumeraba ante la parroquia extasiada. Luego se entretenía en detallar las singularidades de cada categoría, poniendo ejemplos que le permitieran hacerse entender entre su auditorio. Su categoría favorita en gorduras, la que hacía sonar los imaginarios timbales del inexistente circo (tachán, tachán) cuando así se explayaba en las tertulias que coronaban las timbas del Paraíso, merecía un calificativo misterioso: los falsos gordos. «Hay gente que parece gorda, pero no lo es», explicaba. Y en defensa de sus tesis reclamaba de su público que cerrara los ojos y pensara en el futbolista Puskas, que personificaba este tipo de gordos que van por la vida pensando en sí mismos como las sílfides que no son, a quienes esa actitud les ofrecía un atributo esencial para desenvolverse por el mundo ajenos al qué dirán, procurando convencer a todo aquel que se cruzara consigo de que no estaba delante de alguien más bien entrado en carnes sino ante un esbelto y apolíneo congénere.

—Hay que estar muy atentos ante cualquier falso gordo —advertía Viberti con el último vaso en la mano—, porque es gente tan habituada a aparentar lo que no es que para cuando te quieres dar cuenta, te despluma. En todos los sentidos. Te levanta la pasta y lo que haya alrededor. Incluida la chica.

—¿Te refieres a tu enfermera? —le preguntó Goñi la primera vez que le escuchó pronunciar en voz alta su teoría.

Viberti no se dignó a contestar a Goñi, igual que dejaba con la duda a Canario o a todos quienes le vinieran con el mismo recado. Durante toda su vida se había esmerado en pulir una tendencia de su personalidad, consistente en ignorar todo cuanto no le gustaba. «Mi animal favorito es el avestruz», avisaba en esas ocasiones, proporcionando la señal de que no iba a responder jamás a quienes se interesasen por una veta demasiado íntima de su vida y porque además había almacenado ese recuerdo en un cuarto muy oscuro de sí mismo. Eran cavilaciones que le permitían tener la cabeza distraída con pasatiempos inanes, pensando en banalidades, según había observado que representaba su nueva función al servicio del alcalde. «Te quiero en reserva activa», le ordenaba Verdú, quien solía añadir: «Pero activa, ¿eh?», antes de dejarle a su aire, en la esperanza de que supiera interpretar por su cuenta el objetivo principal de su misión en la institución. Una esperanza que se iba desvaneciendo, evaporada en las largas horas de asueto que se regalaba en su mirador con vistas al vestíbulo desde el despacho de Irízar, atendiendo adormilado las palabras de Goñi, las jaculatorias carentes de sentido con que su escudero iba pasando revista a las interioridades municipales para ponerle al día, confiado en que esa información le fuera útil para el momento, todavía sin llegar, en que se activara de verdad, se pusiera a las órdenes del alcalde y dejara de practicar su entretenimiento favorito: hacer lo que le daba la gana. «En el cuartel donde hice la mili, Viberti, había un cartel que decía lo siguiente: "Aquí, la principal hazaña es obedecer"», le regañaba esa mañana Goñi.

—¿Y? ¿Qué me quieres decir con eso?

—Nada, Viberti. Cosas mías. Que me da rabia no haberlo traído y ponerlo a la entrada del ayuntamiento, para que todo el mundo tuviera las cosas claras.

—Gracias por la indirecta, pero no la necesito. Y esa frase por cierto es de un poema.

—Ya lo sabía. De Calderón de la mierda. El que dijo que el mundo es una barca.

A veces, incluso ahora que lo conocía bien y lo trataba de cerca, Goñi seguía desconcertando a Viberti, que no sabía hasta qué punto esa manera de hablar, de estar en el mundo, se correspondía con un talante tendente a la ironía o si directamente Goñi no se enteraba de nada y gracias a esa bendita ignorancia que acompañaba sus pasos había conseguido el ideal que ambicionaba Viberti: que las contingencias del mundo no le afectaran. Su modelo de vida nacía en las páginas de la Biblia que leyó de crío: el pasaje donde Jesús camina sobre las aguas. Así le hubiera gustado a Viberti verse a sí mismo, caminando sobre las olas del mar sin que le salpicara ninguna adversidad ni los accidentes de la vida, fueran anecdóticos o trascendentales, o fueran las nimiedades elevadas a la categoría de fundamental con que algunos de sus semejantes procuraban olvidar lo sórdido de sus existencias, sublimando toda rutina para no entristecerse demasiado con la gris ceniza de sus vidas. Y mientras dilucidaba si Goñi era tal cual lo veía o más bien el fruto de una aquilatada personalidad que se fue construyendo para convertirse en el adorable ser humano que le guiaba por el ayuntamiento, Viberti tendía a creer que en realidad le daba lo mismo. «Me abandono a la amabilidad de los extraños», le decía Goñi cuando se interesaba por las peculiaridades de su personalidad. «Valga la redundancia», agregaba. Viberti sonreía, le hacía ver que esa frase le sonaba de algo, Goñi se encogía de hombros, sonreía a su vez y pronunciaba una de sus frases predilectas: «No te fíes, Viberti, que no es oro todo lo que reduce».

—¿Y ya has decidido a qué categoría de gordos pertenece el productor? —le preguntó.

Viberti sintió un escalofrío. No sabía que fuera tan trasparente y previsible para Goñi.

—Me has pillado pensando en eso, precisamente —le respondió.

—¿Te crees que no te conozco? Tú te haces el misterioso, pero yo tengo muy visto que quien se comporta así peca de lo contrario. Eres muy elemental, Viberti.

—Gracias por la información. ¿Algo más que quieras decirme? ¿Has terminado mi retrato robot?

—Nada que no sepas. Ya te digo que se te ve venir de lejos. Eres un alma descarriada, Viberti.

—Todos lo somos, Goñi. Incluido tu amigo Biosca, que ha debido terminar de despachar con el alcalde.

Hizo una señal hacia el centro del vestíbulo, junto a las puertas donde Probo volvía a cerrar una de las hojas («Me gusta la oscuridad, jefe», le contestaba cuando le reñía por no tenerlas abiertas de par en par) y una multitud de administrados se apiñaba en el ombligo del ayuntamiento antes de diseminarse por las dependencias municipales según el itinerario escrito en la cartelería o en función de cómo les adiestrara la cohorte de bedeles. Biosca miraba en ese momento hacia la claraboya del despacho de Irízar por donde asomaban sus jetas a la vez Viberti y Goñi, quien se metió rápidamente para adentro cuando su mirada su cruzó con la del productor, como si le hubiera sorprendido en una travesura. Por el contrario, Viberti no se inmutó. Apuró el cigarrillo, cerró del todo el ojo de buey y salió a la entrada de su furtivo despacho para darle la bienvenida al visitante que le mandaba Verdú.

—Habrá que desenvolver este regalito que me manda el alcalde. Y por cierto —informó a Goñi—, ya sé qué clase de gordo es este gordo. Es un gordo de los que me gustan, un gordo, gordo.

—Me das una alegría, hijo. Os vais a llevar bien.

LA SORIANA

Cuando Viberti llegó a la ciudad, dedicó las primeras semanas a registrar en su cabeza los hitos más memorables que encontró a su paso, porque pretendía hacerse con una suerte de atlas mental donde cada acontecimiento pasado, incluso alguno bien remoto, quedara registrado y le hiciera compañía. Quería saber el terreno que pisaba y eliminar el factor sorpresa, que le incomodaba en lo personal y en lo profesional. Tuvo suerte. O tal vez era sencillo acertar con la psicología colectiva de la ciudad y sus habitantes, conformes con dormir la siesta. Como se alojó recién nombrado director en la pensión situada encima del Paraíso, mientras confraternizaba con las pupilas que recibían en sus alcobas tuvo tiempo de intimar con Deusto, quien le fue poniendo al día. El ritual se repitió poco después, cuando decidió mudarse a una pensión de más posibles, La Soriana, porque el tráfico de clientes, jadeos, conatos de peleas, risas procaces y el barullo que perseguía a las pobres meretrices, sus chulos y sus habituales impedía a Viberti encontrar en su piltra el sosiego que reclamaba. La Soriana ofrecía para sus pesquisas el mismo menú y menos ajetreo: información fetén, que suministraba la jefa de todo ese laberinto de pasillos bien nutridos de habitaciones, con su tránsito de viajantes de comercio, cómicos en la temporada de teatro, toreros en época de feria (incluyendo a la puerta el haiga con botijo) o la clase de parroquianos donde él se veía reflejado. Gentes que vienen y que van o que encontraban en la pensión una aceptable estación de paso hacia un destino menos provisional. La ventaja esencial respecto a su primer hogar era que Julia, la mujer que se encargaba de tutelar La Soriana desde que retiró a su madre de semejante ocupación, igual que su madre jubiló a su abuela, llevaba en la cabeza una completa documentación sobre la raíz primordial de la ciudad, sobre la catadura moral de quienes la poblaban, sobre los ritos iniciáticos que todo forastero con pretensiones de prosperar debía atravesar y sobre los secretos que custodiaban las recoletas plazas, las mudas calles o las sigilosas ventanas que dejaban entrar algo de luz entre los visillos. «Tengo de todo, Viberti, y casi nada bueno», le dijo en una de las primeras tertulias que entablaron, ella al otro lado del mostrador, él sentado junto a la mesita baja situada enfrente, compartiendo cigarrillos con vistas a la ciudad donde nunca pasaba nada.

—¿De todo, de todo?

—De todo. Secretos confesables y secretos inconfesables.

—Prefiero los inconfesables.

—Tiempo al tiempo, Viberti, que llevas solo unos días por aquí y tengo que comprobar que no eres un vivales. O un piernas.

Se cayeron bien desde el principio, tal vez porque, a diferencia del resto de su clientela y de quienes no pertenecían a ella, a Viberti no le importaba que Julia fumase. «Aquí, con que te vean con un pitillo en la boca ya se piensan que eres una fulana», se quejaba. Viberti se encogía de hombros, le acercaba el encendedor y dejaba que hablara, que siguiera hablando, porque Julia tenía un don para el lenguaje oral que Viberti decidió explotar en su beneficio. Gracias a las confidencias iniciales de Deusto y a los chismes que le proporcionaba Julia, se hizo desde recién llegado a la ciudad una razonable idea de qué podía esperar de ella, cuestión que llamaba la atención entre sus conocidos.

—Parece que llevaras aquí toda la vida —se asombraba Honorio en los primeros desayunos compartidos en el Paraíso—, no se te escapa una, menudo tío. Vaya ojo que tienes.

—Oído, Honorio, sobre todo tengo oído. Me gusta escuchar y observo que a la gente le gusta que le escuches.

—Sí, sobre todo si te pueden colar esas monsergas que los demás nos sabemos de memoria. A ti te endilgan lo que les da la gana y les da lo mismo si es verdad o mentira.

—Y a mí también me da, Honorio. Luego me dedico a descubrir por mi cuenta dónde está la realidad y dónde está la leyenda. Con lo uno y con lo otro me apaño bien para mis intenciones.

—A saber.

—Evitar las arenas movedizas.

—Pues has elegido bien a tus cicerones. Lo que no conoce Deusto te lo cuenta Julia. Con ese par aciertas siempre. Dos archivos vivientes.

—Los mejores. Uno me da de beber y la otra de fumar. No tengo queja.

De aquellas conversaciones extrajo Viberti no solo el relato cabal de cómo era la vida que entonces le empezó a rodear, la vida que le tocaba vivir, sino otra información más clandestina, como de contrabando, igualmente útil para sus aspiraciones. Le llegó además noticia cumplida de un acontecimiento que todavía entonces, cuando había pasado largo tiempo desde que se produjo, conmovía al vecindario. La ciudad acogió años atrás el rodaje de una película, cuyas peripecias alteraron la rutina durante tantos y tantos días que era raro el vecino que no tenía algo que contar al respecto. Anecdotario memorable en los mejores y más raros casos, vacuidades en la mayoría, el recuerdo común, de índole sentimental, de cuando la productora seleccionó a unos cuantos vecinos para que hicieran de extras y otras curiosidades que la ciudad custodiaba como si aún fueran parte de su vida. De la tristeza y el desánimo que les invadió cuando supieron todos, los que habían participado con una dosis adicional de entusiasmo y dedicación en los preparativos y los que habían asistido más bien de espectadores, que la película no se estrenaría por razones que nunca se conocieron del todo. «Algo dijeron de la censura», le explicó Julia una mañana desde el puesto mutuo de vigías en La Soriana. «Y hasta hoy. Ni para esa boba tiene suerte esta ciudad».

Lo curioso, lo que llamaba la atención del Viberti recién aterrizado, era que el fallido rodaje partía el tiempo en dos. Hubo una ciudad hasta que llegaron los peliculeros y otra desde que plantaron sus reales en las calles principales, reclutaron a los extras e invadieron la mayoría de las habitaciones de La Soriana, con la salvedad del director y de los actores principales, alojados en el Hotel Principal, un monumental caserón que operaba como ballena varada en un escogido rincón frente a la Gran Plaza. Retirado de la circulación desde que se jubilaron sus propietarios, una pareja de hermanos a quienes Julia le señaló una tarde mientras cruzaban ante la pensión («Ahí los tienes, les sale el dinero por las orejas y llevan los calcetines con tomates»), el hotel ejercía como mala conciencia ciudadana. Como solo servía para recordar los buenos tiempos que no volverían, se acabó por convertir en una presencia incómoda para la ciudad y sus habitantes, algunos de los cuales apresuraban el paso cuando atravesaban sus inmediaciones como quien evita la ominosa amenaza de un fantasma que ha llegado del más allá para pedirle explicaciones. La película nonata servía como símbolo de la ciudad, de sus ambiciones fracasadas, opinaba Viberti desde que empezó a reparar en la insistente frecuencia con que su rodaje salía en todas las conversaciones, atravesadas de ese punto de nostalgia que adquieren las historias cuando se transforman en memoria compartida, fermento del mito y de la ensoñación, el territorio propicio para que prendiera la fantasía, donde se sentía siempre a disgusto. Le repugnaba abandonarse a la melancolía colectiva, se resistía a integrar la masa informe que no dejaba de preguntarse qué pudo haber sido de la ciudad si la película hubiera llegado a la pantalla, la masa inerte y pánfila entregada a una desconcertada intriga primero y más tarde a la resignación inmóvil y desolada cuando pasaron los días, luego las semanas y más tarde los meses sin que hubiera noticia de su estreno.

Como metáfora de la ciudad, inigualable, pensaba siempre que le venía a la memoria el relato de aquel acontecimiento fallido y lo pensaba ahora, sentado en el Suizo, tomando una limonada con el productor Biosca, que había insistido en salir del ayuntamiento para contarle sus cuitas, las mismas preocupaciones que había llevado hasta el despacho del alcalde, de donde había salido con el encargo de ponerlas en conocimiento de Viberti para que le ayudara a despejarlas y aliviar sus sudores. Sudaba mucho Biosca, pero Viberti, como lo tenía etiquetado ya en la categoría de gordo por partida doble, no se inmutó. Tenía constancia de que este tipo de gordos sudaba siempre por duplicado: sudaba en verano, por supuesto, pero también en las épocas más frías del año, porque sudar estaba en su constitución y en la lealtad que guardaban para su condición de gordos bien alimentados, envidia del sector más desnutrido de la población, todos esos carpantas que se imaginaban que tantos kilos de más llegaban después de opíparas comilonas consistentes en la ingesta de viandas que se hurtaban del común de los contribuyentes. Biosca era un gordo de tebeo, sentenciaba Viberti. Era sencillo imaginarlo en una mesa, despojado de la americana blanca a juego con sus pantalones (un terno como de indiano), con la servilleta sobre la pechera y dando cuenta a dos carrillos de fantásticos menús servidos en generosas proporciones y con abundantes salsas. Pepitorias, chilindrones, sopas en todas sus variantes, preferiblemente muy espesas, ricas en tropiezos. Pescados de orden gigante, jugosas piezas de carne, postres bien decorados de nata y merengue. Grandes jarras de vino, licores sin duelo: ese tipo de banquetes debían ser la norma de Biosca, dedujo Viberti, así que resultaba natural esa pinta de estar a punto de estallar, de necesitar a todas horas abanicarse con el pañuelo, quitarse y ponerse el panamá para darse también un poco de aire y mantener a raya los rigores del calor y del empapado traje con una ración de limonada a la que siguió otra y después una tercera en el lapso que Viberti destinó a fumarse un pitillo y atizarse un carajillo de anís.

—Usted perdonará, Viberti, pero no podía más. Estas carnes que me adornan necesitan ponerse a remojo cada cierto tiempo. Nada como una buena limonada recién exprimida, aunque tampoco le haría ascos a esa bandeja de carolinas que veo por ahí. ¿Usted gusta?

—No, gracias. Disfruto viendo comer a los demás. He comprobado que me ayuda a no coger peso.

—Una dieta estupenda, Viberti, aunque corre el riesgo de que le llamen gorrón.

—Han dicho de mí cosas peores.

—Lo imagino. El alcalde me ha dicho que es usted periodista. O que lo era antes de alistarse en su causa.

—Y le ha dicho bien.

—Pues de periodista habrá oído cosas peores, desde luego. ¿No les llamaban la canallesca?

—Y nos siguen llamando. Pero también hay cosas peores.

—Y también lo imagino, aunque eso de ver comer a los demás está también muy feo por otro motivo. Me parece de mala educación, si me lo permite.

—Permitido. Y tengo que insistir. No es lo peor que me han dicho.

—Y yo lo vuelvo a imaginar pero eso no quita para que le pida que comparta conmigo una de esas carolinas. Cuando me pongo a comer, me pasa como a un famoso actor con quien he tenido que tratar bastante por mi profesión. Soy productor de cine, como supongo que sabe.

—Como en mi caso, su fama le precede, señor Biosca.

—Lo sospechaba, pero retire lo de señor. Vamos a tutearnos.

—De acuerdo, pero antes me tienes que decir qué te contaba ese actor.

—Ah, sí. Ese. Que prefiere mil veces el cine que el teatro. ¿Y sabes por qué? Porque no le gusta que la gente le vea trabajando. Le pasa como a mí cuando estoy comiendo.

Biosca se zampó la parte de la carolina que le correspondía según el juicio nada salomónico que ejecutó cuchillo en ristre, porque le dejó a Viberti apenas una esquina, que aceptó mordisquear mientras observaba de tapadillo ese espectáculo sensacional: ver comer a un gordo de los auténticos, que no se avergüenza de serlo, que disfruta con todo bocado y no hace ascos en su dieta ni a lo dulce ni a lo salado. Un gordo que iba ya a por la cuarta limonada y que, mientras sostenía la conversación con Viberti, inspeccionaba por el rabillo del ojo las bandejas de los camareros que servían las mesas vecinas por si detectaba en ellas alguna golosina que mereciera su interés y que no dejaba tampoco de espiar la bollería acumulada en la barra, por si fuera el caso de que se encaprichara con otras de las gollerías que le estaban tentando. Se las apañaba sin embargo para compartir con Viberti más anécdotas de su oficio, detallar la peculiar letra pequeña de algún contrato con cierta rutilante estrella del séptimo arte («Lleva peluquín y no quiere que se sepa bajo amenaza de cancelar la película, ya ves qué presumido») o regodearse con el relato del último chisme sobre las hazañas sexuales de las más célebres actrices del momento. «Fulanita es una comehombres», le informaba. «Y Zutanita, peor». «¿Peor?», le preguntaba Viberti, que sentía curiosidad genuina para descifrar qué clase de baremos manejaba Biosca en esas intimidades. «Mucho peor, una fresca. Toda una sicalíptica».

La charla despertaba el interés de los veladores vecinos, habitados por los chismosos de guardia a quienes la presencia de Biosca en su territorio, con Viberti de contertulio, les tenía intrigadísimos. El productor observó que sus palabras concitaban una atención exagerada y fue bajando el tono de su voz, una estratagema del gusto de Viberti. «Es discreto», pensó, para su alivio, porque pensaba que tenía delante a un lenguaraz capaz de hacerle un traje al primero que se cruzara ante él y temía que ese fuera también su destino. Calló Biosca por unos segundos y miró a su alrededor. Luego interrogó a Viberti.

—Yo no soy de aquí, así que me tengo que fiar de ti.

—Dime.

—¿Hay ropa tendida?

Viberti negó con la cabeza. También él había tomado sus precauciones mientras hablaba y al mismo tiempo vigilaba al resto de feligreses. Desde que Biosca había bajado el volumen unos cuantos decibelios, el interés de la clientela se había diluido y cada cual había optado por atacar sus propios tragos y bocados, observar la vida pasar a través de los ventanales del Suizo y dar por sentado que cuanto tuvieran que hablar Biosca y Viberti se acabaría sabiendo en esa ciudad donde la siesta no se acababa nunca. En la acera de enfrente vio Viberti a Julia prestarles toda su atención desde su privilegiada atalaya en La Soriana, pero era imposible que las palabras de Biosca llegaran a sus oídos. Bajo la escalera del legendario café, santo y seña de la ciudad, el poeta Alfonseda, quien le distinguía con una frialdad glacial (y mutua) desde que Viberti le desenmascaró un día como el farsante que en realidad era y lo condenó a un ostracismo social mayor del que ya sufría, fracasado como el improbable príncipe local de las letras que nunca fue, persistía en su tertulia de aduladores, que había crecido desde que disponía de coche, sepultando en el olvido sus antiguas majaderías. Le dirigió un sarcástico saludo al estilo mosquetero que Viberti no devolvió. Biosca reclamaba toda su atención.

—Todo esto que me cuentas de quién se acuesta con quién es muy interesante pero tengo algo de prisa. Ya me dirás el auténtico motivo de tu visita al ayuntamiento.

—¿Tienes prisa?

—Bastante.

—Te lo pregunto porque me extraña. El alcalde me había dicho que te dedicas en el ayuntamiento a no hacer nada y que por eso eras la persona indicada para resolver mis problemas

—Te ha dicho bien. Pero es que eso de no hacer nada me lleva mucho tiempo, el que no puedo dedicarte. Desahógate y a ver qué puedo hacer por ti, aunque no te hagas muchas ilusiones. El alcalde deposita demasiada confianza en mí.

—En efecto. Me ha dicho que eres la única persona en la ciudad que puede sacarme del lío en que estoy metido.

—Espero que no sea cosa de dinero porque estoy seco. Y el Ayuntamiento, parecido.

—Peor, Viberti. Dinero, pero sobre todo reputación. Si no salgo del apuro, estoy perdido.

—Pues tú dirás.

—Necesito que empiece a rodarse la película que me ha traído hasta aquí. Si no empiezo cuanto antes, estoy arruinado. El banco me ha puesto una soga al cuello y cada día la aprieta un poco más.

—¿Y?

—Y necesito para empezar a rodar lo principal. Tengo elegido al reparto y al resto del equipo, seleccionados los extras, decidido dónde y cuándo vamos a rodar, todos los permisos del Ayuntamiento en regla, pero me falta lo principal. El director, Viberti. Me falta el director. Ha desaparecido, nadie sabe dónde para y según el alcalde solo tú puedes ayudarme a localizarle. Sin él no hay película.

Viberti había leído cierta vez en algún sitio que la vida no tiene segundo acto, pero nunca estuvo muy de acuerdo con esa afirmación. Y pensó que era una máxima desacertada en el caso de la ciudad donde vivía, que solo se podía entender pensando en ella en esos términos. Un acto detrás de otro, según una secuencia interminable que liquidaba la anterior antes de volatilizarse también, como si lo viejo en realidad fuera más que viejo, una ruina que no servía para nada. Una ciudad inacabada, como él, donde siempre se estaba poniendo en pie el acto siguiente al anterior porque el anterior, de repente, ya no valía. Una ciudad como él, condenada a perseverar en decisiones casi siempre fallidas, obsesionada en volver sobre sí misma una y otra vez a lo largo del tiempo, para concederse una oportunidad que acabaría dilapidando, también como él.

JULIA

Viberti consultó primero con Deusto el favor que le pedía Biosca, luego se fumó un cigarrillo con Julia y acabó desembocando en los dominios de Goñi, quien parecía que le estaba esperando. Goñi lo sabía todo sobre casi todo e incluso lo sabía de antemano, antes de que las cosas sucedieran, pero se movía según un ritual al que rendía extrema fidelidad: Viberti tenía que ir hacia él y no al contrario. Él solo se pondría a sus órdenes si antes ejecutaba ese movimiento inicial o en caso de que su común amigo, el alcalde, le pidiera que se pusiera bajo el radar de Viberti y lo activara. «Mete la primera, que llevas días en tiempo muerto», le urgía Verdú cuando tenía algún encargo para Viberti y utilizaba a Goñi de intermediario. «A la orden, jefe. Usted es *sir* Edmund Hillary y yo su humilde *sherpa*», respondía Goñi, antes de trabarse con uno de sus particulares juegos de palabras que a menudo desconcertaban a Verdú pero siempre le arrancaban una sonrisa. «Le diré a Viberti que no hay vuelta de ojo».

Fue por lo tanto Viberti, según la rara lógica que operaba en sus relaciones, quien tuvo que ir a buscarlo, de acuerdo esta vez con un itinerario que le llamó la atención: era la primera ocasión que visitaba a Goñi en su casa. Tocó al timbre y Goñi se materializó ante él como el duende que siempre era, aunque con un adorno que le concedía un toque gracioso, de auténtico mago. Estaba en bata y pantuflas, atuendo imposible para combatir las temperaturas de la canícula que tenían sudando a Biosca y a la ciudad entera. Parecía un ensayo liliputiense de *lord* inglés a escala o de noble castellano venido a menos que no encajaba en la fisonomía del piso, como si no fuera suyo y estuviera realquilado. Debajo de la bata se asomaba el cuello del pijama a rayas que le otorgaba un aire en las antípodas del Goñi vestido de calle con quien estaba familiarizado. Un Goñi hacendoso, que tenía la casa como un pincel y le iba enseñando las habitaciones antes de invitarle a que le acompañara a una estancia mal iluminada que llamó pomposamente «mi gabinete».

—Aquí paso los días cuando no hay nada mejor que hacer o el señor alcalde no reclama mis servicios —dijo—. Mi sitio en el mundo, Viberti.

—Tu sitio es la calle, Goñi. Esto es otra cosa. Tu oratorio.

—Mejor dicho, mi sanatorio. Es donde se me cura el alma de las mortificaciones del mundo.

—Poeta te veo.

—Es una frase que tengo ensayada para las visitas. En realidad, mi gabinete equivale a una extensión de mí mismo, porque tengo todo lo que necesito. En invierno, esa catalítica. Ahora en verano, ese ventilador. Cierro las ventanas para estar a oscuras y relajarme en mi sillón favorito, ese que ves ahí. Y entonces tomo uno de esos libros y me siento el rey del mundo.

Goñi señalaba hacia los anaqueles donde dormía la colección completa de la Enciclopedia Espasa. Los tomos parecían en buen estado, pero desgastado ya algún ejemplar de tanto ser manoseado por su dueño, quien le iba explicando por enésima vez a Viberti sus rutinas.

—Me aseo y desayuno, por ese orden —arrancó—. Un poco de gimnasia sueca, otro poco de faenas domésticas, arreglo a mi señora, hago tiempo a que llegue la chica que la cuida y luego me dedico un tiempo a mí mismo para arreglar mi indumentaria.

—Pero si siempre vistes igual, Goñi.

—Ahí te equivocas. Es el mismo traje, pero con variaciones. La camisa, la corbata, sombrero cuando toca, el calzado a juego con los calcetines y algún detalle de la ropa interior que evitaré compartir contigo. Y cuando ya considero que estoy listo, me acerco a ese aguamanil que habrás visto a la entrada con agua bendita y me persigno antes de salir de casa.

—No te hacía tan religioso.

—Y no lo soy. Soy algo peor, supersticioso. Y siempre salgo a la calle con el pie derecho, además de que procuro mantenerme fiel a otras manías que tampoco voy a revelarte.

—Ya caerás. Y hasta me acabarás contando cómo combinas la ropa interior con el resto de la indumentaria.

Goñi ignoró este comentario. Como si fuera su tutor y él su alumno más revoltoso, le había hecho una señal con la mano a Viberti para que le contara el motivo de su visita y estaba esperando novedades desde entonces. Era Viberti quien había preferido dilatarse, demorarse en las explicaciones. Le intrigaba este nuevo Goñi desconocido, que en el interior de su hogar se desdoblaba para convertirse en un tipo más contenido, una especie de confesor. Lo tenebroso de la estancia ayudaba a crear un clima tan propicio para la confidencia que desagradaba a Viberti. De ahí la dilación, sus titubeos, de los que Goñi le rescató.

—Puedes tomarte tu tiempo, hijo, pero me imagino por qué has venido a verme.

—En realidad, me manda Verdú.

—Lo mismo me da que me da lo mismo, Viberti, valga la redundancia. Vienes por el lío de la película. Estoy al tanto.

Estaba más que al tanto. Estaba empolladísimo de los pormenores del rodaje, de sus preparativos, de la elección de la ciudad como escenario. De las ayudas concedidas por el Ayuntamiento a la productora, de la búsqueda de localizaciones y de la selección de extras. De la inminente llegada de los integrantes del reparto, entre quienes figuraban reputadas estrellas del cine patrio de la época, y también del barullo que se anunciaba ya en La Soriana por la irrupción de los miembros del equipo técnico. Y estaba desde luego al tanto de la ausencia del director, «pieza clave en el engranaje», según la expresión que empleó Goñi para poner a Viberti en situación del drama que se avecinaba si el interfecto no aparecía.

—Lo que no entiendo es qué pinta el Ayuntamiento en todo esto y cuál es el interés del alcalde. Si no hay director y se suspende el rodaje, allá se las entienda el productor con el banco, ¿no?

—Desde luego, Viberti, hay días en que pareces más tonto de lo que ya eres. ¿No sabes acaso de la importancia para esta ciudad de aquella película que vinieron a rodar hace mil años y nunca más se supo?

—Estoy bien informado.

—Pues no lo parece. Ata tú mismo los hilos. Entonces no hubo película por razones que se escapan de tu entendimiento y del mío, aunque algo he ido sabiendo, y la ciudad entró en depresión. Yo sostengo incluso que no ha salido de ella desde entonces.

Después de esta última frase, Goñi se levantó de su orejero y salió en dirección al pasillo, de donde regresó previo paso por la cocina con un par de vasos de leche.

—Natural, Viberti, no la hay mejor. Aquí no entran esos bebedizos pasteurizados tan de moda.

—Perdona, Goñi, pero creo que sabes que este no es mi trago favorito. Con el permiso de *monsieur* Pasteur o sin él.

—No se me ha pasado, hijo. A tu lado tienes el carrito con las bebidas. Puedes añadirle coñá, que es de los caros.

La oscuridad de la sala había impedido a Viberti localizar en el mueble bajo situado a su derecha los licores que mencionaba Goñi, a quien hizo caso. Se regaló un trallazo de alcohol en el vaso de leche, un bebedizo que le pareció repugnante, pero no dijo nada. Goñi estaba embalado. «La ciudad no puede permitirse otro *coitus interruptus* en materia de cine», sentenció Goñi. «Y por eso el alcalde hizo llamar a Biosca para que se presentara en el ayuntamiento cuando comenzaron a circular los primeros rumores. Y por eso dirigió a Biosca hacia ti y por esto estás ahora en mis manos, porque yo conozco bien todo lo que pasó con aquel fallido rodaje y tengo bastante información sobre el que estaba previsto que se iniciara uno de estos días. Y porque además conozco al director. ¿Qué te parece?

—Admirable, Goñi. Si me prestas tu sombrero, me lo quito en tu honor.

—Muy gracioso. Pero no tenemos tiempo para bromas. Hay que buscar al director cuanto antes para que el banco no fusile al productor y los del cine se larguen como se largaron la primera vez, dejándonos a todos con un salmo de narices. No nos podemos permitir un segundo gatillazo, con perdón.

Viberti había perdido el hilo. Le parecía que bajo la desaparición del director se escondían una serie de misterios que Biosca ocultaba con el mismo celo que Goñi ponía ahora en preservar el secreto. Pensó que se trataba de algo profundamente enigmático, pero luego concluyó que una razón de raíz demasiado poderosa encajaba mal con la ligereza con que la ciudad se tomaba los asuntos importantes y casaba peor con ese aire superficial con que Goñi hablaba, como si la desaparición del director fuera un pasatiempo organizado por el alcalde para tenerles entretenidos mientras se ocupaba de los asuntos principales de la cosa municipal. Pensó en el caso como si fuera una de las supersticiones de Goñi. Si lo resolvía, o le ayudaba a resolverlo, Goñi estaría a gusto, se sentiría bien, reconfortado entre las cuatro paredes de su pequeño mundo. Era el equivalente a esa manía de persignarse todos los días. Miró hacia la librería, donde dormían los Espasas. «¿Y qué haces con ellos? ¿Te los sabes de memoria?», le preguntó.

—Casi, Viberti. Te vas a reír, pero paso con ellos ratos muy divertidos. Desde que me retiré, no he vuelto a viajar. Antes, no paraba. Vacaciones que me daban en la mina, carretera y manta. Ahora no me apetece, ya ves tú. Para qué, me digo, si ya conozco medio mundo y el otro medio no me interesa. Pero con esos libros en el regazo sigo viajando, a mi modo. Me sirvo mi vaso de leche, tomo uno de ellos, abro una página cualquiera, cierro los ojos y la recorro con el dedo índice. Cuento hasta cinco y donde me detenga, en la palabra que esté señalando, siento que llega la hora de ponerme a pensar en ella. En lo que sea, en su significado.

—Muy pero que muy divertido. Una juerga, Goñi.

—No te rías, Viberti. Luego llega lo mejor.

—¿Es que hay algo mejor?

—Te digo que no te rías. Lo mejor es que en esa palabra descubro una clave, una etimología, que me lleva a otra. Y así sucesi-

vamente. Me levanto, busco el tomo de que se trate, leo el significado de la nueva palabreja y vuelta a empezar.

—¿Y la primera te llega por azar? ¿O te haces trampas para
buscar siempre las mismas o las que tú quieras?

—Por azahar, como bien dices. Lo contrario sería como hacerse trampas al solidario.

Viberti dejaba pasar estas ocurrencias de Goñi de continuo y
sobre todo ahora evitaba tomarle el pelo, porque estaba en su casa
y notaba que desnudaba ante sí una parte de su intimidad que protegía hasta entonces con sumo cuidado. Era un Goñi distinto, car-
gado de un fondo de gravedad que Viberti no alcanzaba a saber de
dónde le venía. Siempre pensaba en él como la persona más buena
del mundo, pero ahora además le parecía más que eso. Ligero pero
grave. Una persona la mar de interesante. Un veta muy atractiva
para quien sostenía que la bondad, por sí misma, no significa gran
cosa. «Me aburren los santurrones», solía avisar.

—Dices que conoces bien la historia del director.

—De pa a pe. Lo conocí cuando la primera intentona y le he
seguido la pista desde entonces. No le ha ido mal pero...

—Pero qué.

—No sé cómo decírtelo o si decírtelo. Temo el uso que hagas
de la información que poseo.

—A eso he venido, precisamente, Goñi querido. A que no me
cuentes lo que sabes. Verdú se va a poner contentísimo cuando se
lo comente.

Goñi se puso en pie. Viberti dudó si imitarle, pero comprendió
que una fibra interior de su anfitrión se había puesto en movimiento y que necesitaba su propio espacio. Mejor no importunarle. Se
limitó a mirar a Goñi el mago, quieto junto al sofá, y le pareció que,
en efecto, se disponía a ejecutar un truco nuevo, preparado solo para
esta ocasión. Pero no era un truco. Más bien, una confidencia.

—¿A ti no te pasa, Viberti, que alguna vez dudas de si los co-
nocimientos que posees te han llegado como si el Espíritu Santo

estuviera por medio? Como si recibieras órdenes de una entidad superior.

—Me estás asustando Goñi. ¿Seguro que la leche sin pasteurizar te sienta bien o es que le has añadido Soberano?

—Respóndeme, Viberti.

—Primero explícate mejor.

Y Goñi le explicó entonces su teoría según la cual la sabiduría que cada cual posee llega por misteriosas vías a su interior, incluyendo algo que llamó presentimiento.

—Tuve un presentimiento la primera vez que vi por la ciudad al director y esa sensación me persigue, Viberti. Desde que se fue supe que iba a volver. Leía sus éxitos en la prensa, también sus fracasos, estaba al tanto de sus amoríos, de los premios que cosechaba, me inquietaban las largas temporadas sin que hubiera noticia de él, me enteraba luego de su aparición repentina porque se ponía al frente de no sé qué rodaje y tenía el presentimiento de que nada de eso le bastaba. Nada le satisfacía. Ya sabes que yo tengo un sexo sentido para estas cosas.

—O una bola de cristal.

—Lo que quieras, pero siempre que tropezaba con su nombre en los periódicos pensaba que iba a volver. Era como un sueño que me agitaba. El sueño de que un día volvería y que yo estaría aquí para recibirle y que entonces le diría que yo era la única persona en el mundo predispuesta a entender su desgracia.

—Me dejas tiritando, Goñi. ¿Y se puede saber a qué se debe esa certeza que tenías? Que por cierto ha funcionado.

—Yo no sabía si acertaría, no soy tan fatuo. Pero pensaba que era posible que volviera sobre sus pasos. ¿Sabes por qué? Porque desde que se fue supe que era un hombre enamorado. Alguien enamorado de verdad, trágicamente enamorado. Enamorado perdido.

—¿Y quién es la dama?

—Ella es lo de menos, aunque tiene su importancia, por supuesto. Pero de quien se había enamorado tan perdidamente como te cuento es de la ciudad. Mejor dicho, de la ciudad que lo rechazó, que ya no es la presente aunque se parezcan. Y un amor no correspondido nunca se cura, te lo digo yo.

Goñi se había vuelto a sentar, pero ahora se levantaba de nuevo en dirección a la cocina. Viberti entonces sí fue tras él, intrigado por la confesión que le había revelado. Con la puerta de la nevera entreabierta, Goñi miraba hacia su interior con los ojos ausentes. «He olvidado a qué venía», le reconoció. «A por leche sería, Goñi», contestó Viberti. «Eso, a por más leche». Tomó la botella y antes de cerrar la nevera, volvió a hablar: «Te quieres creer que muchas noches me desvelo, salgo de la cama y me vengo aquí a ver la nevera, como si fuera la tele». Y dirigiéndose a Viberti, le preguntó. «¿No te pasa también a ti?». Definitivamente, este otro Goñi inquietaba a Viberti en lo más hondo de sí mismo. Nunca volvería a dirigirse a él como hasta entonces, porque una parte secreta de Goñi acababa de cristalizar ante sus ojos y sabía que ese nuevo Goñi sería quien se aparecería a partir de ahora cada vez que lo convocase en su presencia o invocara su recuerdo. Lo imaginó de madrugada, sentado en la banqueta de la cocina ante la nevera semiabierta, iluminado por el haz de luz que llegaba desde el interior abusando de la botella de leche, dando largos y pensativos tragos. «A mí me pasa lo mismo, pero con el anís, Goñi». Viberti había elegido la vía del sarcasmo para relajar la situación. Tuvo efecto. Goñi cerró la nevera, le condujo hasta la salida y cuando estaba a punto de irse, cuando Viberti dudaba si preguntarle por la dama de quien se había prendado el director durante su primera visita, Goñi le retuvo por el codo. «Vete a La Soriana y pregúntale a Julia por el director, pero que no sepa que vas de mi parte».

EL DIRECTOR

Viberti siempre soñaba. Soñaba despierto y soñaba dormido. Cuando soñaba despierto, sus fantasías se dirigían al mismo destino: se veía a sí mismo alejado del ruido, inmune ante las aflicciones del mundo y de su propia amargura, fumando lentamente un pitillo con alguien al lado. Ese alguien variaba. Era siempre una mujer, cuya identidad fue oscilando con el paso del tiempo. Ese sueño recurrente le hacía compañía mientras curioseaba por la ciudad siendo director del periódico y cuando husmeaba por ella en su condición de lo que fuera que hiciera ahora para el alcalde. Caminaba con esa imagen en la cabeza, insistiendo mucho en la lentitud a la hora de acabar el pitillo, viendo disolverse la ceniza hasta caer al suelo, y era una imagen que le rondaba también cuando se despertaba, en ese duermevela aún feliz por lo incierto, cuando examinaba el día que tenía por delante y se enredaba entre las sábanas, de donde tantas mañanas no quería salir. Era una imagen muy grata, que también convocaba en su auxilio cuando se iba a dormir o si quería vencer al insomnio. Imaginarse viendo pasar la vida mientras el tabaco se consumía entre sus labios y alguien, esa mujer que iba transformando su identidad al cabo de los años, le hablaba muy quedo, le hablaba de banalidades, le hablaba al oído, sobre la intrascendencia de las cosas que tanto nos abruma demasiadas veces. Viberti sabía que esas elucubraciones no conducían sus pasos a ningún lado, pero saboreaba los momentos en que sin necesidad de cerrar los ojos la vida fluía y el tormento de vivir cesaba o se apagaba un poco. Mitigado el daño que le procuraba estar vivo, se ponía en acción con la idea de regresar a sus fantasías en cuanto pudiera, para guarecerse en ellas y abandonarse a la improbable pretensión de que todos sus días fueran así, un dulce declinar que medía por el número de pitillos consumidos.

De sus otros sueños, los que le acosaban mientras dormía, Viberti rescataba, por el contrario, algunas imágenes menos amenas, más intimidantes, que le dejaban mal cuerpo. No recordaba cuando amanecía muchas de ellas y ni siquiera concentrándose exageradamente recién despierto podía adivinar el origen de su turbación, el acre sabor de boca con que despertaba. Pero otras veces, como si fueran fotogramas sin conexión entre ellos, ciertos retazos de esos sueños volvían a aparecer ante él, como reclamando una interpretación que sirviera para definir su identidad, la del sueño y la suya propia. Fracasaba siempre, pero era un fracaso menor, que se tomaba con deportividad. Al menos había logrado identificar dentro de su afligido ser qué imágenes le visitaban con más frecuencia, qué sueños eran los más comunes, y con esas piezas se animaba a reconstruir el rompecabezas en que consistían su vida y su personalidad. Y aunque sabía que estaba llamado a fracasar porque nunca terminaban de casar todas las piezas, ese pasatiempo mental le ayudaba a avanzar entre las tinieblas de cada día con la esperanza de que llegada la noche se resolviera el crucigrama o al menos se fuera a la cama con la dichosa idea de volver a imaginarse fumando mientras veía pasar la vida y los labios de una mujer le explicaban al oído que eso era todo. Que no se hiciera ilusiones. Los sueños eran su mejor compañía, tanto los que le acechaban dormido como los que sostenía despierto. Y cada vez que se concedía un rato para acercarse hasta La Soriana, sentarse junto a Julia a fumarse sus respectivos cigarrillos y observar al pequeño mundo de la ciudad ponerse en pie cada día, se preguntaba si no sería ese el sueño que le asaltaba cuando abría los ojos y si no debía conformarse con lo que tenía. Saborear solo aquello que sí podía tocar, lo tangible, y dejar de soñar por fin. Luego se contestaba que no, que nunca renunciaría a ese placer tan grato aunque perturbador que le ayudaba a transitar por la vida sin esperar nunca nada de nadie, más conforme que resignado, y entonces liquidaba por fin el pitillo.

Cuando prendía el siguiente, su reloj interno se ponía a funcionar y solía recordar entonces a su abuelo, de quien no olvidaba jamás su rara manera de pautar la vida, porque la media en función

de los árboles que rodeaban su escuálida huerta. Eran sus cigarrillos. «No me gustaría morirme sin comerme un higo de esa higuera», decía por ejemplo. Y el pequeño Viberti miraba desde ese día la
higuera con otros ojos y cuando pasado el tiempo se comía un higo
con su abuelo, que había resistido para cumplir su deseo, sentía un
escalofrío. Así entró la idea de la muerte en su vida y así se prolongaba. La esperanza de vida de su abuelo se vinculaba a la duración
de los frutales. «Me gustaría antes de morirme comerme las nueces
de ese nogal», señalaba unos años antes de que, en efecto, casca-
ra las nueces en compañía de su nieto, a quien ese sabor siempre
le traía consigo la idea de que alguna vez moriría como murió su
abuelo, de quien copió sin saberlo esa costumbre. Su propia pauta:
pautar los días en dosis de nicotina. A cada año le correspondía
su ración de pitillos, aunque solo saboreaba de verdad unos pocos.
El de primera hora de la mañana, sobre todo si se levantaba con
resaca. O el que se fumaba cuando el día moría. En silencio, como
aquella tarde primera en que se dejó caer por La Soriana. Y en silencio despachaba otro pitillo también ahora, recién desembarcado por
los dominios de Julia, siguiendo la recomendación de Goñi, para
desentrañar con ella la enmarañada madeja donde se enredaba la
desaparición del director, sin que le apeteciera distinguir entre la
ilusión y la realidad. Viendo pasar la vida ante sí muy lentamente,
fotograma a fotograma, asegurándose de que el grifo de sus sueños
estuviera bien cerrado, se acurrucaba en su silla de la recepción y se
rebozaba en el placer que activaba la sutil presencia de Julia fumando a su lado también un cigarrillo auténtico, no soñado, los dos en
silencio y despiertos.

—¿Creías que no me iba a enterar?

Julia no contestó. Aspiró una calada, arrojó el humo al cielo del
atardecer por el ventanal inmenso y vio cómo se difuminaba, como
si en esos segundos que mediaron hasta que se evaporó del todo se
encerrase la respuesta a la pregunta de Viberti que se resistía a pronunciar. Luego miró a Viberti y siguió fumando. Durante un largo

rato ninguno volvió a hablar, tal vez porque en ambos se fraguaba la esperanza de que fuera el otro quien rompiera el silencio, una clase de silencio que a Viberti no le molestaba. Era un silencio que se podía masticar y por lo tanto digerir, no el silencio espeso y oprobioso de tantas tardes durante las cuales observaba cómo la ciudad renunciaba a desperezarse. Un silencio cómplice, administrado por los dos según claves secretas que ninguno podría identificar muy bien, pero que les hermanaba en su mutua misantropía, mejor llevada en el caso de Julia. Ella tenía que atender un negocio y no se podía permitir según qué lujos con la clientela, ante la que se esforzaba por disimular su propensión a ser la lánguida e inexpresiva dama del sueño de Viberti. La mujer que fuma a su lado y apenas tiene nada que decir. La mujer que por fin le contestó:

—Ha sido más divertido así, te ibas a enterar de todos modos. He preferido jugar un poco contigo, no te lo tomes a mal.

—Por mí no te preocupes, Julia. Lo que me afecte o me deje de afectar carece de importancia. Pero estoy aquí por encargo del alcalde y como resulta que vivo de hacerle caso, perdonarás que te tire de las orejas. Pero solo un poco.

—Estás perdonado. Y haces bien en obedecer a tu jefe. Esta ciudad no puede permitirse una segunda vez. Otro fracaso sería una tragedia.

—No sé si estamos hablando de lo mismo. ¿Que desaparezca el director y no se ruede la película te parece una tragedia?

—No sabes hasta qué punto. De la primera vez tardamos en reponernos. Creo que ni siquiera nos hemos repuesto aún, tal vez lo que pasa es que no lo sabemos. Y que ahora se repita aquel estropicio, el alcalde no se lo puede permitir, aunque no por las razones que él sospecha.

—¿Ah, no?

—No. Él solo piensa en la promoción que para la ciudad supondría el rodaje, que la película se estrenara y todo eso. Que tuviera éxito incluso. Pero eso es filfa, Viberti, pura filfa.

Julia había pronunciado esta última frase con un acento especial que detectó Viberti, como había detectado en su forma de hablar que estaba ante otra Julia, no la Julia que le acompañaba fumando en silencio y a veces acercaba sus labios a su oído para participarle de alguna nadería, ese susurro que tanto le reconfortaba. Era una Julia cuya voz venía de muy lejos, de aquella experiencia fallida, cuando la ciudad se rindió a los peliculeros y fue un amor no correspondido. De repente, ella se levantó. Salió del mostrador, fue hasta donde se sentaba Viberti y sin dejar ninguno de fumar le tomó de la mano y lo condujo por el pasillo donde se situaba la recepción, al pie de la escalera que llevaba a las habitaciones del primer piso. Viberti aplastó su cigarrillo contra un cenicero metálico y triangular, cortesía de la casa Cinzano, y caminó junto a Julia por un corredor angosto, apenas iluminado por una claraboya esmerilada que daba al enorme patio de manzana donde se alojaba la inmensa finca. En sus paredes colgaban fotos antiguas que otras veces ya habían llamado la atención de Viberti, una leve atención. No había dedicado demasiado tiempo a examinar entre esas imágenes en blanco y negro, que supuso nacidas para inmortalizar el paso del tiempo por un negocio cuyos fundadores aparecían retratados en compañía de sus clientes más fieles o de los más famosos que alguna vez pasaron allí la noche.

Eran caras felices, dichosas, donde solo habitaba el deseo de complacer al fotógrafo y a sus anfitriones. En una de ellas, que Julia señaló con el dedo índice de su mano derecha (la izquierda sostenía el cigarrillo y el cenicero, donde finalmente también lo aplastó), aparecía la propia Julia, una Julia que abandonaba la adolescencia e ingresaba en la veintena con el mismo gesto enfurruñado al que seguía manteniendo lealtad. Viberti calculó que para entonces, de manera precoz, Julia ya sabía en qué consistía esto tan raro de vivir y que de esa época databa su semblante siempre reconcentrado, a punto de abandonarse a la amargura que poblaba su sonrisa y le afeaba la cara. Esta Julia de hoy había envejecido mal. La Julia de ayer, la Julia de la foto, era por el contrario una joven atractiva, dotada de un encanto singular. Los ojos muy separados el uno del otro, en contra del canon al uso, el cuello respingón, el busto generoso y la lacia melena castaña precipitándose por su espalda. Los hermosos hombros desnudos, que dejaban a la vista un jersey a juego con la falda plisada, y una mirada medio perdida, la propia de quien teme que el fotógrafo capte el secreto que ella pretende esconder sin éxito. Es el secreto que comparte con su madre, el segundo elemento de la foto. Su gemela. Ahora Julia ya es como era ella cuando les hicieron la foto, aunque en el desenvuelto porte de su madre adivinaba Viberti un carácter distinto, más predispuesto a tomarse las cosas de la vida como vienen y extraerles el jugo que tengan. Ya sabe entonces, por supuesto, lo que ahora también sabía su hija, pero digiere esa información con un sentido muy enraizado de la deportividad, que no evitó la derrota final. Ella fracasaría, porque su ambición residía en traspasar a la pequeña Julia ese talante, muy útil para transitar por la vida sin la pesadumbre que acompaña hoy a su hija y es su bandera. «Ese es el director», le informa Julia poniendo un énfasis adicional en su dedo índice, como si quisiera borrarle de la foto.

Viberti se tomó su tiempo. Se le daba bien elucubrar sobre la personalidad de aquellas personas que aparecían ante sí simplemente a través de una foto y además le divertía. Desde el centro de la imagen, escoltado por dos damas que parecían sendas gotas de agua, salvadas fueran la diferencia de edad y más de una particularidad menor, sonreía a la cámara un tipo que le cayó bien en esa primera toma de contacto. No sonreía. La boca construía una especie de mueca sarcástica, donde Viberti creyó ver el gesto de alguien que no se toma la vida muy en serio. Era un tipo apuesto el director («Se llama Galdós, por cierto», le informó Julia mientras proseguía su examen) y Viberti se preguntó si lo seguiría siendo. La frondosa tez propia de esa clase de hombres bronceados siempre a su pesar, la atractiva mandíbula, tan prominente, el pelo ya en retirada bordeando los contornos de una cabeza muy bien esculpida, como de emperador romano. Y, sobre todo, un porte de galán antiguo, que casaba bien con la imagen de héroe de tragedia griega con que Julia había dibujado el confuso panorama que siguió a su desaparición.

—¿Te enamoraste de él?

—No sabes hasta qué punto, Viberti. Creo que todavía sigo enamorada. Es una enfermedad incurable.

Volvieron a la entrada. Viberti depositó el cenicero en el mostrador, prescindió como Julia del tabaco y se sentó a escuchar.

—Te puedes imaginar la historia —le dijo—. Yo era una cría, había tenido ya algún noviete, pero era una pánfila que no se enteraba de nada. Y llegó Galdós una mañana a la pensión, le acompañé a la habitación según se registró y me dijo quién era, me quiso dar una propina que yo rechacé, me rio la gracia y me trató como no me había tratado nadie hasta entonces, Viberti. Como una adulta. Hoy sigue siendo el día en que mido a todo hombre que se me acerca en función de Galdós. No he encontrado aún a nadie como él. Un hombre, Viberti. Un auténtico hombre.

—Vaya, pues muchas gracias. Lo tendré en cuenta cuando lo localice, a ver si estoy a su altura.

—No bromees conmigo, Viberti. Aunque sí te digo que tú andas bastante parejo. Le gustarías.

—Él ya me está gustando a mí desde que lo he visto en la foto y te estoy oyendo hablar de él. Pero perdona que te diga que eso carece de importancia. Lo que viste en Galdós y vuestro enamoramiento. Esa agua hace mucho tiempo que dejó de pasar por el puente.

—No sabes lo que dices, Viberti. Nunca deja de pasar. Lo nuestro sigue vivo, más o menos, y además lo que ocurrió cuando se fue tiene todo que ver con esto de ahora. Con su desaparición. Si no entiendes lo que pasó entonces, no vas a dar con él.

—De acuerdo. Aunque algo me dice que me lo vas a contar ahora, con palos y señales, como dice Goñi.

Julia, inmune a la ocurrencia, concentró aún más la mirada de como era habitual en ella y dirigió sus ojos de nuevo hacia la calle, como si buscara en las aceras la inspiración para seguir con su relato. Se enamoraron, desde luego, y la diferencia de edad no fue un obstáculo para que empezaran a verse a escondidas. Les favorecía para proseguir en su idilio que Galdós, después de cenar cada día en el Suizo, cruzara hasta La Soriana aprovechando que Julia se reservó el turno de noche, y ambos fueran intimando más o menos en esa misma posición en que ella y Viberti charlaban ahora. Se fumaban sus pitillos («Él me enseñó a fumar, qué te parece») y compartían sueños y confidencias. Avanzaba el rodaje y avanzaban sus tertulias, que incluyeron algún retozón en la habitación de Galdós («También fue quien me enseñó a jugar a eso»), escapando del control de todas las miradas; la primera, la de su madre. La película se iba rodando con su director más o menos en trance, según le contaba a Julia. «He encontrado mi lugar en el mundo y resulta que es a tu lado», se sinceró una noche. Y ese Galdós feliz e inspirado, que se ganó el afecto de la ciudad por esa simpatía reservada pero continua con que se conducía y por el cariño con que trataba a los extras, arrancados de todas las clases sociales para que dieran un toque de verismo a su película, acabó convirtiéndose en un raro símbolo andante, una promesa de felicidad, adoptada por la ciudad entera, como si sus habitantes vieran en él encarnada la idea de un futuro mejor o más desenvuelto, más luminoso. «No te puedes imaginar lo que fue para nosotros esa película, Viberti», le insistía Julia.

—Más o menos, me hago cargo.

—Imposible, no estabas aquí para verlo. He pensado mucho en aquellos días de rodaje, la ilusión que se respiraba, la felicidad extraña que nos tenía atrapados porque no sabíamos localizar su origen, y créeme si te digo que el secreto de aquel entusiasmo como no he vuelto a ver era que la película nos hacía mejores. La película nos hacía aspirar a algo más, a que el cine nos viera en nuestra mejor versión. Y eso que la historia era bien triste, muy triste. Pero el rodaje no lo era, era una fiesta continua.

Y Julia se explayó contando el anecdotario que custodiaba como si fueran las joyas de la familia. La primera vez que oyó la palabra *travelling* mientras unos operarios, acuciados por el productor, montaban cerca de La Soriana una especie de pequeña vía férrea por donde circulaba un operador con su cámara. O cómo una escena durante la cual tenía que estar lloviendo requirió los servicios de los bomberos, que aseguraron la lluvia mediante sus mangueras. Cómo se escenificó la procesión del Corpus para que los protagonistas se buscaran entre quienes participaban en ella cuando aún faltaban meses para que la auténtica procesión tuviera lugar y la poca gracia que hizo la simulación al deán de la colegiata. Cómo confraternizaban los actores y las actrices con el vecindario, los idilios que surgieron, la fama que atrajo el rodaje a la ciudad. «Salimos hasta en el *ABC*, en las páginas de huecograbado», rememoraba Julia. «Nadie quería que el rodaje terminara, claro, salvo el productor, que le metía prisa a Galdós y yo creo que algo de lo nuestro se figuraba».

—No sería el único —objetó Viberti—. ¿Tu madre no sospechaba nada? Esas cosas siempre se terminan sabiendo. Sobre todo, las madres.

—Supones bien. Yo creo que ella estaba al cabo de la calle desde el principio, pero se callaba. Nos dejó hacer, nos vigilaba de lejos. Alguna vez se entrometió también.

—A ella también le gustaba Galdós.

—También, claro. Galdós le gustaba a todo el mundo, es el tipo de hombres que cae bien al primer golpe de vista. Gusta a las mujeres y agrada a los hombres, lo mismo que decían de Cary Grant.

A Viberti este último comentario le sacó una sonrisa, aunque no venía a cuento. Julia se lo afeó fusilándole con la mirada y por un momento temió que el manantial de recuerdos se agotara. Pero ella siguió hablando. De lo más profundo de su alma estaba aflorando su auténtica psique, como sospechaba Goñi cuando le condujo hacia ella. «Está deseando desahogarse, Viberti, lleva años esperando el momento, con la espalda de Damocles sobre ella», le había avisado. Esa Julia ensimismada que Viberti examinaba no le contaba a él lo sucedido durante el feliz rodaje con su desventurado final, sino que hablaba para ella misma, contándose la historia que tantas veces se había contado para sí, mezclando los verdaderos recuerdos con los falsos, adornando las fases menos gratas de su relato para hacerlas más digeribles, idealizando seguramente lo sucedido.

—Si te cuento todo esto es por lo que te decía antes. No localizarás a Galdós sin saber el suelo que pisas —le advirtió.

—Y yo te lo agradezco, pero no me servirá de nada si no me cuentas qué pasó. Por qué se detuvo el rodaje y qué fue de vosotros.

—A su debido tiempo. Estoy calibrando todavía si eres digno de mi total confianza. Que nos hayamos fumado unos cuantos cigarros mientras cortábamos algún traje al prójimo no significa que nos hayamos acostado juntos. No te conozco del todo.

—Ahí te equivocas.

—¿Nos hemos acostado y no me he enterado?

—No, eso no ha sucedido. Yo al menos lo recordaría. Lo que te quiero decir es que me conoces bien, que sabes que lo que ves en mí es lo que hay y que si estás dilatando contarme la historia completa es porque todavía te hace daño. No me temes a mí. Eres tú la que se da miedo.

Julia fue a coger un pitillo del paquete, pero estaba vacío. Viberti se encendió a la vez uno para sí y otro para ella, le acercó el suyo y con los ojos le rogó que continuara. No era tanto un ruego como una orden que Julia acató no sin paladear una calada y expulsar el humo hacia la calle. Cuando se terminó de diluir, habló de nuevo.

—Tú eres muy listo, Viberti, así que imagino que supones lo que pasó.

—Tu madre, ¿no?

—Mi madre, por supuesto. Mi dichosa madre, quién si no.

Como suponía Viberti, en el romance de la joven Julia con aquel forastero se acabó interponiendo su madre. Apartó con malas artes a Galdós de su hija contando con el beneplácito de una sociedad confundida, alarmada porque enredado en ese lío de faldas veía difuminarse el esperanzador horizonte que se dibujaba hacia el final del rodaje, la hechizante promesa de celebrar en la misma ciudad el anhelado estreno por gentileza del director, que lo prefería así al canónico ceremonial que se preparaba en Madrid en ocasiones semejantes. La ciudad entera pensó que el Galdós mujeriego, a quien las malas lenguas situaban incluso casado con cierta estrella norteamericana y al borde por lo tanto de la poligamia, ese dios menor que tanta ventura había traído durante el rodaje, iba a malgastar ese depósito de esperanzada luz si insistía en rondar tras una niñata a quien doblaba la edad. Y mientras arreciaban las maniobras orquestadas por su madre para que el romance cesara, el drama tomó cuerpo.

—Apareció el productor y le instó a que acabara el rodaje —rememoraba Julia—. Él se resistía, no solo por mí, para prolongar lo nuestro, sino porque quería rodar una escena final con la que el productor no estaba de acuerdo.

—¿Por qué?

—Porque temía a la censura. Los protagonistas, como Galdós y yo, vivían en pecado. Tenían una relación extramarital. El productor quería que se modificara el guion para que la escena final los retratara separándose, sabiendo que lo suyo era imposible. Pero Galdós había escrito un final abierto, dando lugar a que cada cual interpretara lo que quisiera. El productor no claudicó. Galdós, tampoco. Una mañana se encontró las maletas en la puerta de la habitación. Se las había hecho mi madre, que me acababa de enviar al pueblo con mis tías con no sé qué excusa. Cuando volví, él ya no estaba. Y la película, tampoco. El productor pagó lo que se debía y prometió volver para rodar la escena final a su gusto en cuanto Galdós transigiera, pero pasaron los días y dejamos de tener noticias de él. Se fueron los últimos actores que quedaban por la ciudad y así estamos desde entonces. Con la sensación de que nos robaron lo que nos merecíamos, lo que nos habían prometido.

—¿Eso lo piensa la ciudad o lo piensas tú?

Julia miró a Viberti al borde del llanto. Eran unas lágrimas transparentes, no muchas, pero de exagerado tamaño, que no terminaban de derramarse. Dio la última calada y se puso en pie:

—Es el último cigarrillo que me fumo en mi vida. Puedes llevarte el cenicero.

—No hace falta. Prefiero dejarlo aquí porque yo sí que voy a seguir fumando y me gustaría seguir haciéndolo contigo al lado, aunque no me acompañes.

—Como quieras. Pero ahora vete. No quiero que me veas llorar.

—A la orden, aunque no me has contado todo el final.

—¿Falta algo?

—Lo esencial. Qué pasó cuando volvió Galdós hace unos días y dónde lo tienes escondido.

Julia se dio la vuelta. Viberti supuso que recurrió a ese truco para, hablándole mientras le daba la espalda, evitar que viera cómo finalmente rompía a llorar. Nada en su voz delataba sin embargo las lágrimas. Era una voz serena, la voz de esa nueva Julia que acababa de conocer, que le hablaba desde muy lejos. «Dile al alcalde que puede estar tranquilo», le replicó. «Va a aparecer y hará la película, pero necesita lo que necesitamos todos, un poco de tiempo».

—Julia, además de dinero, lo único que no tenemos ahora en el Ayuntamiento es tiempo, precisamente. Dime dónde está y yo me encargo.

Cuando Viberti abandonó esa tarde La Soriana, mientras un sol color cobalto rompía por el horizonte y alguna gota caía para aliviar los rigores de la canícula, sintió que también la vida opera para los demás, igual que para él, según una secuencia de fotogramas donde siempre falta alguno. Y sintió que la pieza definitiva del rompecabezas se esconde en nosotros mismos y que además nosotros lo sabemos. Lo sabía Julia y lo sabía él. Como sabían los dos que extraer de lo más hondo de cada cual esa pieza clave, la que da sentido a todo, asegura un dolor extraordinario. Un desgarro mayúsculo. Y Viberti no se engañaba. Él todavía no estaba preparado para soportar ese dolor.

La Casica

Viberti conocía el chalé llamado La Casica porque solía pasar ante su puerta cada vez que acudía al hotel situado casi enfrente, un negocio que funcionaba en realidad como picadero, donde solían aliviarse las fuerzas vivas y donde alguna de ellas no tenía reparos en convocarle cuando se tenía que someter a su interrogatorio. Era una doble vida tan conocida en la ciudad que los más habituales disponían incluso en la recepción de las llaves a su nombre en el casillero, que un discreto conserje les entregaba sin hacer preguntas, igual que permanecía mudo cuando se marchaban o cuando aparecía en algún caso la legítima dispuesta a protagonizar lo que se llamaba un escándalo. Tampoco decía nada el conserje cuando la nariz de Viberti asomaba por la cafetería. Hacía una señal al camarero para que le acompañara al peluche más oculto a las visitas, usaba el teléfono interior para dar aviso al cliente que hubiera reclamado la presencia del periodista y añadía la cuenta de la consumición a la factura mensual que tal o cual pez gordo abonaba mediante una derrama en efectivo, generosa propina incluida. Garantizada la confidencialidad, el hotel servía muy bien al propósito de quienes acostumbraban a hablar con Viberti a espaldas de sus convecinos, porque se encontraba cerca pero también lejos: en una curva de una carretera que conducía hacia ninguna parte y moría en una pedanía asilvestrada donde la ciudad dejaba de serlo, un edificio sin alma enmascarado entre una nube de parcelitas de escaso tamaño, dominadas las más pequeñas por casamatas que los propietarios usaban para guardar los aperos con que trabajaban sus huertas o merendar con la parentela o los amigotes. Era un edén mesocrático, un apartado rincón donde el fundador del hotel tuvo el buen ojo de plantar su negocio y dedicarlo con el paso del tiempo a ejercer como esa clase de alojamiento furtivo y calavera.

Había también en sus cercanías fincas de mayor tamaño y aspiraciones, cuyos dueños vivían allí todo el año. La Casica era la más monumental, aunque de ella solo se percibía desde la carretera la fachada posterior, oculta la principal por un magnífico abeto que siempre llamaba la atención de Viberti. Pasaba con su coche en dirección al hotel para sus asuntos y aminoraba la marcha para admirar el esbelto porte del árbol, con sus ramas como brazos tapando la mayor parte del interior y camuflando de las miradas ajenas el contenido del resto de la finca, aprovechando también la complicidad del seto, de elevada altura, que recorría la parcela. De noche, el abeto infundía incluso algún respeto, porque parecía vigilar a quienes asomaban por sus inmediaciones y porque proyectaba con su enorme sombra una exagerada oscuridad en el contorno. Iluminada la casa tan solo por un farolillo rematando el porche, aislada del escrutinio chismoso, era el lugar perfecto para esconderse. Julia tenía razón. El director estaba a la vista de todo el mundo pero nadie lo veía.

—Le dejé las llaves y ahí lo tienes, todo tuyo —le explicó.

—¿Y no le visitas?

—Cómo no le voy a visitar si vive en mi casa. ¿O te crees que duermo en la pensión?

Ese día, Honorio encontró a Viberti más silencioso que de costumbre mientras le acompañaba a pescar. No le hizo caso a ningún comentario, no hubo manera de hilar una conversación en condiciones más allá de cuatro monosílabos y además observó que fumaba más que otras mañanas y le contrarió verle marchar de la orilla del río sin esperarle, aprovechando que se entretenía hablando con el pintor Valderrama mientras recogía sus bártulos. Para cuando levantó la vista, Viberti se había hecho humo, como si empezara a sentirse incómodo siguiendo ese ritual mañanero que se había inventado Honorio para que siguiera fluyendo entre ambos el antiguo vínculo. Era un Viberti de verdad distinto, callado y solitario como un cartujo. El mismo Viberti que continuó medio mudo todo el día, el que conducía su coche ya de anochecida hacia el chalecito con algún remordimiento taladrando su conciencia, porque no quería que Julia pensara en él como un metomentodo y porque no pretendía indagar sobre los quehaceres de la pareja en el apartado sentimental ni le apetecía saber si además de la casa también compartían la cama en honor a los buenos tiempos. Mientras aparcaba delante del chalé, Viberti aprovechó para fisgar por los alrededores. También miró dentro de la finca, a través de un espacio entre el portón de entrada y el seto deshilachado. Lo que vio le gustó. Era una casa admirable de tamaño pero sin pretensiones, como imaginaba que sería el hogar de Julia. Al fondo se veía la piscina inmensa, con su trampolín doble, y entre la casa y la entrada, una sencilla teoría de parterres, leve arbolado y el formidable abeto, a cuyos pies dormía un coche enfundado en su pijama. Concluida la inspección, y una vez comprobado que estaba solo ante la puerta, tocó el timbre. Por el telefonillo una voz le invitó a pasar («Entre, está abierto») y también le dio una orden: «Deje echado con el pestillo cuando cierre». Era la misma voz que se materializó bajo el porche, con la luz del farolillo cayendo en vertical sobre él, único inquilino de La Casica: iluminado cenitalmente, Galdós era una presencia fantasmal para Viberti, que no atinaba a cerciorarse de si era quien decía ser mientras avanzaba a su encuentro. «Soy Galdós, Guido Galdós. Y usted debe ser Viberti».

La voz seguía sin tener forma para Viberti, deslumbrado por el haz de luces que se precipitaba hacia su anfitrión, oculto luego, mientras se estrechaban la mano, por la oscuridad reinante que devoró de repente a los dos. Fue ya dentro de la casa, en el vestíbulo, donde Viberti pudo concluir la radiografía de Galdós que había empezado a hacer mientras Julia le contaba su historia, que fue avanzando a través de las habladurías que aportaron Goñi y Deusto, a quienes se confió antes de acudir a La Casica, y a partir de sus propias deducciones. Le ayudó la impresión que le produjo el detenido estudio de su estampa en la fotografía que custodiaba Julia en La Soriana, material más que suficiente para haberse forjado una idea bastante acabada de quién era Galdós. Cuando por fin lo pudo analizar de cerca, su aspecto le decepcionó.

Era un Galdós menor, envejecido por encima de sus expectativas, quien ahora le invitaba a sentarse en el salón, situado en un nivel inferior al que se accedía por unos escalones y dominado por un retrato de Julia, de cuando tendría unos quince años, que daba acceso a la zona noble de la estancia, la destinada a comedor. Galdós le tendió una copa de anís, se sirvió otra para él y le hizo un gesto con la mano para que se sentara, que Viberti desobedeció. Seguía estando más interesado en medir la auténtica personalidad del director de cine desaparecido hasta unos minutos antes y también en hacerse una idea cabal de la casa donde habitaba Julia, con la esperanza de que proporcionara información suplementaria para saber dónde estaba él exactamente y qué papel jugaba en esa historia de enredos sentimentales y celos familiares. Solo cuando Galdós le conminó a sentarse, ya con un ademán más enérgico, Viberti aceptó apoltronarse en el tresillo y darle las gracias por el trago.

—No hay de qué. Ya me avisó Julia de que usted era de los míos. Un bebedor de fondo.

—Mi fama me precede, señor Galdós. Espero que Julia se haya detenido ahí y no haya profundizado en mis otros defectos.

—Algo me ha contado, pero no tema. Estamos en confianza. Ella, como ya sabrá, es una mujer muy discreta. Y yo no me puedo permitir el lujo de traicionarla de nuevo. Así que estoy a su disposición, amigo Viberti. ¿Qué le parece si para empezar nos tuteamos?

—Me parece una estupenda idea.

—Y llámame Guido por favor. Lo de Galdós me recuerda al nombre que me asignaron en esa cárcel que llamaban colegio donde me maleducaron.

—De acuerdo, Guido. Guido Galdós.

—Guido Galdós. La doble g más famosa del cine español, para servirte.

A Viberti le intrigaba el retrato de Julia, le intrigaba desde que entró en la casa y se sorprendió siendo interpelado por él. Desde su asiento lo veía de costado, pero continuaba monopolizando su atención sin que pudiera adivinar en qué consistía el misterio del cuadro que tanto le atraía. Le despistaba para proseguir en la dirección adecuada su charla con Galdós, que era más bien un interrogatorio. Quería exprimirle para que se sintiera reconfortado, con la guardia baja, y que pensara en Viberti como un igual aunque acabaran de conocerse, alguien que pudiera entender su tragedia interior y aceptar las razones que tuviera para huir del rodaje. Galdós se le había quedado observando cómo sus ojos se dirigían con frecuencia hacia el cuadro de Julia, con una mirada divertida que Viberti ignoró. Creía que era su semblante habitual y detectó incluso en esa media sonrisa la media sonrisa que había percibido en la foto que se hizo con las dos Julias, pero luego pensaba que los dos Galdós, el de la foto y el invitado de La Casica, eran dos personas distintas y por lo tanto su sonrisa también debía responder a motivos distintos, una conclusión que no ayudó a despejarle la cabeza y le convirtió en víctima propiciatoria de Galdós. Pronto pudo comprobar que a su anfitrión se le daba muy bien enredarle con su palabrería, donde advertía un lejano acento que no pudo identificar y también le desasosegaba.

—Sé lo que te estás preguntando, Viberti, y te voy a ayudar. Ya te respondo yo: me fui por miedo.

—¿Cuándo?

—¿Qué quieres decir?

—Que cuándo te fuiste por miedo. Si la primera vez o también esta.

—Ah, las dos, Viberti. Soy un hombre muy miedoso, aunque la primera vez estaba más justificado. Era más joven.

—Bueno, he visto alguna foto de entonces y párvulo no eras. Tenías una edad.

—La tenía, pero no me pasaba como me pasa ahora, que la edad por fin me ha atrapado y es la que se corresponde con mi apariencia. Entonces tenía una edad que no me correspondía.

Un mago de las palabras. Viberti recordó que Galdós, además de dirigir sus películas, también las escribía y que por lo tanto dominaba el arte de hacerse entender y también de seducir a sus interlocutores, con esa suave dicción (donde palpitaba tal vez el eco de antiguas excursiones por el oficio de actor, sospechó Viberti) que seguramente cautivaría a Julia madre y a Julia hija cuando desembarcó por la ciudad con el propósito fallido de poner en pie una película que, según le estaba explicando, era más que eso. «Era un sueño, Viberti, te juro que era un sueño que había tenido y que de repente veía que se podía hacer realidad», le dijo. Galdós estaba haciendo memoria con la mirada en suspenso, fijando los ojos en las filigranas de escayola que recorrían el techo, bajándolos alguna vez hacia Viberti antes de volver a trepar como en dirección al cielo que no se veía desde el salón de La Casica, buscando la inspiración para proseguir con su relato en las musas que habitaban entre esas paredes.

—El mejor guion que había escrito, el productor más comprometido que hubiera imaginado y el reparto ideal: todo era perfecto y todo lo eché por tierra, Viberti.

—¿Por amor?

—Ojalá hubiera sido por amor. Fue por orgullo. Era un soberbio y lo sigo siendo, pero ahora al menos soy un soberbio que ya sabe que lo es e intenta mitigar los daños.

Galdós le contó que se emocionó la primera vez que visitó la ciudad que la productora había elegido como escenario porque sintió que el encantamiento que sentía respecto a la película se prolongaba de una manera natural y feliz entre esas calles, hasta entonces desconocidas, donde detectó una repentina familiaridad, muy grata. «Era lo que buscaba», le dijo. Cada esquina de la ciudad formaba parte de la película que llevaba en la cabeza, un prodigio que atribuyó al olfato del productor, con quien se llevaba más o menos bien en esa fase de los preparativos. «Era un mal bicho, pero un mal bicho listo y los dos lo sabíamos, así que no puedo alegar desconocimiento de con quién me jugaba los cuartos. Y tenía intuición para el cine, nadie se lo puede negar. Había hecho aquí la mili y cuando le conté lo que estaba buscando exactamente para las localizaciones, me frenó sin tenerle que dar más explicaciones. "Ya lo tengo", me dijo. Y llevaba razón». En aquel momento incipiente del rodaje, Galdós pensaba que aunque su película se apartara del modelo habitual en el cine español de la época, su productor sabría sortear los obstáculos para que se estrenara en toda España («Tenía apalabradas no sé cuántas salas») con el bombo y platillo que una creación como la que dirigiría Galdós merecía. «Confiaba mucho en mí, más que yo en él. Ya ves, también le traicione a él», se sinceró con Viberti. Galdós le admitió que siempre vivió entre resquemores mientras llegaba la hora de rodar, porque su película le parecía demasiado osada para la época y temía que la productora en cualquier momento se retirase o los bancos cortaran el grifo. «Pero nada, Viberti. Todo seguía avanzando a la perfección, hasta que entró en escena la niña esa», y señaló hacia el retrato de Julia.

—No me irás a decir que ella tuvo la culpa.

—No, por favor, no soy tan cretino. Lo que te quiero decir es que nos enamoramos y vistas las circunstancias, la diferencia de edad y demás milongas, me empecé a demorar en acabar con el rodaje. Quería prolongar más tiempo mi estancia en la ciudad y utilicé las excusas más peregrinas hasta que, claro, el productor se lo olió. Se presentó un día en la pensión y se dio cuenta de qué estaba pasando, aunque te vas a reír.

—Inténtalo.

—Se pensó que me estaba acostando con la madre. Cuando le dije la verdad, el hombre se escandalizó como yo no esperaba. Pensaba que era una persona de mundo y que podía entender lo que había pasado, pero resultó que era un mojigato que le comía los pies a todos los santos. Con decirte que de la pensión se marchó a la colegiata a encargar una misa.

—Por tu alma.

—Por mi alma pecadora.

—¿Opus?

—Supongo. Entonces no le presté mucha atención, porque casi me divertía verlo tan escandalizado, pero luego he pensado que seguro que sí, aunque en honor a la verdad, no fue por mi vida privada por lo que rompimos.

—Según Julia, fue por la escena final.

—Era un secreto a voces.

El productor, según Galdós, sostenía que ese final no iba a pasar la censura. Había hecho algún tanteo previo al respecto, sondeando en los despachos de rigor, y había tropezado con una sugerencia, que era más bien un mandato, para alterar el guion.

—Y yo le dije que no, Viberti, que no iba a transigir y se empezó a calentar el asunto, porque además coincidió con que la madre de Julia supo lo nuestro y mi vida empezó a liarse. Vivía en un barullo perpetuo. Un laberinto del que no pude salir.

—Hombre, sí que pudiste. Te fuiste de aquí y a otra cosa.

—No fue tan sencillo como lo pintas. La madre de Julia empezó a hacerme la vida imposible, me amenazaba incluso con llevarme a la policía por seducir a una menor, como ella decía. Yo creo que eran celos, no sé si te lo ha dicho Julia.

—No me lo ha dicho, pero yo lo sospechaba.

—Yo era un tipo bien plantado, Viberti, no esta ruina que ves ahora. Y no se me daban mal las mujeres. Me gustaban y además se me daban bien. ¿Hay algo de malo?

—Para mí, nada de nada. Tú sabrás. Pero Julia hija entonces era casi menor de edad.

—Casi, tú lo has dicho. Así que las amenazas de su madre me dejaban frío. No había delito de corrupción de menores ni nada por el estilo. Solo el maldito escándalo, pero la verdad es que era una señora muy pesada, se me metía en la habitación y todo para reñirme y darme la murga. «No entiendo qué ve usted en esa mosquita muerta», me regañaba. Ya ves, como queriendo decir que ella estaba disponible y de mejor ver.

—Que no malgastaras tus balas.

—Algo así. Yo lo pillé rápidamente, pero le daba largas, la toreaba. Pero su hija sufría, empezó a darse cuenta de lo que pasaba a su alrededor y se le ponía una cara más que seria, amargada.

—La que tiene ahora.

—Más o menos. También de esa cara sin apenas vida me siento culpable, Viberti.

—Hay gente así.

—¿Gente así?

—Gente como tú, que tiende a culparse de lo que ocurre por su culpa y de lo que simplemente pasa porque tenía que pasar.

El retrato de Julia, sin embargo, parecía darle la razón a Galdós. Era una niña vivaz, muy despierta. Los ojos iluminaban el cuadro, apuntando hacia un futuro que entonces solo podía soñar y que no tardaría en decepcionarle. Unos años después, la vida le había golpeado ya para siempre y de esa sonrisa desafiante no quedaría nada. Ese era el secreto escondido en el retrato que Viberti no había sabido descifrar hasta entonces, la exagerada distancia entre la Julia que él conocía y la Julia que no conoció, la que tenía toda la vida por delante, pero no sabía que esa vida, en su auténtica dimensión, sería muy corta. Conocería a un hombre, se enamoraría, se desilusionaría y el resto de su vida consistiría en languidecer sin darse demasiada lástima para no dársela a nadie más. Y el responsable de esos sueños rotos estaba delante de Viberti reconociéndose culpable, perseguido por aquella pena que aún le entristecía y le corroía el espíritu.

«Por Julia me hubiera quedado, Viberti». Galdós había acercado la botella para servir en ambas copas otra generosa ración de anís mientras él también miraba de vez en cuando al retrato que parecía dominar en realidad toda su charla, como si ambos estuvieran dirigiendo a la pequeña Julia las excusas y justificaciones que poblaban su conversación. Galdós le pedía perdón a Julia a través del cuadro, calculó Viberti, a quien su anfitrión cada vez le parecía más viejo y cada vez le caía mejor. Además, sabía beber.

Aguantaba las dosis de licor con galanura, predispuesto a que el alcohol relajara sus sentimientos y aflorase su genuino yo.

—Lo peor fue lo de la película. No cedí, Viberti. Ya estaba harto de transigir y dije por primera vez en mi vida no cuando hasta entonces solo había dicho sí.

—¿Y te arrepientes?

—¿De qué? ¿De lo de Julia o de lo de la película?

—De algo. De lo que tú quieras.

—De lo de Julia, siempre. De la película, nunca.

Recordaba Galdós que durante aquellos días, mientras vivía en una encrucijada de donde le parecía imposible salir sin dejar lastimado a nadie, empezó a vagabundear por la ciudad. «Y entonces ya no me pareció tan interesante», le admitió. Creyó ver en esa nueva fisonomía que empezaba a detectar un mensaje que le tocaba directamente el corazón, procedente de la parte de su conciencia que todavía se mantenía ágil y despierta.

—Yo era un hombre enamorado, propenso en consecuencia a cometer errores —dijo.

—Lo que pareces es un letrista de tangos.

—Tú ríete, pero así me sentía. ¿No has estado tú alguna vez en tu vida ante la obligación de tomar una decisión, sabiendo que hicieras lo que hicieras fallarías y además dañarías a alguien?

—Me estás contando la historia de mi vida.

—Pues ahí lo tienes. Mientras me escondía por las afueras para que no me localizara nadie, ni el productor ni sus recaderos ni las dos Julias, meditaba y meditaba sin alcanzar ninguna conclusión. Así que hice lo más fácil.

—Huir.

—Huir. Y sin dar explicaciones. Cuando vi las maletas en la puerta de la pensión, no tuve necesidad de esperar más señales. Julia no estaba, así que me pude escurrir a la calle sin que nadie me viera, pedir un taxi y marcharme a la estación de tren. En recepción le dejé una carta al productor, un desahogo.

—¿Una carta? No sabía nada de eso.

—Nadie lo sabe. Se quedó entre él y yo. Y creo que el tipo, aunque fuera un meapilas, era a su manera decente. No divulgó a nadie el contenido de la carta y ese favor que me hizo.

—¿Por qué?

—Porque no la escribí en la mejor situación emocional. Ya te digo que era más un desahogo, donde lo ponía al hilo y le culpaba de cometer el mismo pecado que en realidad cometía yo, el de cobardía. Él no se atrevió a proseguir con la película y yo no me atreví a dar la cara. También le explicaba que no le daba permiso a proseguir con la película según mi guion porque lo tenía registrado a mi nombre, le prometía devolverle el anticipo y le pedía que se olvidara de mí para los restos, pero que pagara a todo el mundo y hasta más ver.

—«The end».

—Eso. «The end». La pantalla funde a negro y los espectadores abandonan la sala.

Galdós le animó a levantarse en dirección a la puerta, mientras le explicaba qué fue de su vida a partir de su primera desaparición. «Me marché a la Argentina, conocí a otras mujeres, creo que tengo algún hijo por ahí, trabajé para la televisión... No me fue ni mal ni bien». Viberti, feliz por haber encontrado el origen de esa suave manera de hablar, el misterioso deje que le atribulaba desde que se inició la conversación, dejó su copa sobre la mesa. Invitó a Galdós a un pitillo que este rechazó, se enfundó la gabardina y salió al exterior. Desde el porche se escuchaba el canto de un pájaro. Era una noche muy oscura, de una oscuridad densa, intensísima. Viberti notó a su lado que Galdós sonreía y le interrogó con la mirada.

—Esta clase de noches me recuerdan un problema que tuve con el productor —dijo—. Le expliqué que queríamos rodar una noche americana en medio de la película y el tipo no entendía nada. «¿Americana?», me decía, «¿pero cómo que americana? ¿Estilo americano, tipo Hollywood o qué me estás diciendo?». Y yo me reía.

—Pues no sabes cómo le entiendo. Porque como no te expliques mejor, yo también te pareceré un lelo.

Galdós volvió a sonreír.

—La noche americana es un efecto que se usaba antes en el cine para que parezca que ruedas de noche cuando en realidad es de día. Si lo haces bien, si te rodeas de gente competente que sabe lo que se hace, queda de maravilla. Es una noche inventada mejor que la original.

Viberti vio que Galdós se quedaba pensativo cuando pronunció estas últimas palabras y entendió lo que cruzaba por su cabeza. Así siguieron los dos un buen rato, mirando el ominoso negro del cielo sobre sus cabezas, donde Galdós ya no buscaba la inspiración que le acababa de venir.

—Es una buena metáfora, ¿no crees? —le preguntó bajando misteriosamente la voz. Se estaba ensimismando.

—Yo no creo en metáforas para explicar la vida, Galdós. Sostengo que la propia vida es la metáfora, pero no me quiero poner muy profundo, que parecemos dos viejos pedantes.

—Viejos, al menos yo, seguro. Y también pedante. Pero lo que te quería decir es que mi vida es una noche americana. No se me había ocurrido hasta hoy. No hay manera mejor de definirla. Aparentar una cosa para esquivar ser lo que de verdad soy.

—O ser lo que acabas siendo, Galdós. La vida, como me dijiste al principio, ya te ha atrapado. Ahora te toca obrar en consecuencia. Deja de seguir traicionándote y de traicionar a los demás.

—No habrá más traiciones, Viberti. Lo tenía decidido antes de que vinieras porque estoy cansado de huir —le prometió—. Me escabullí porque volví a tener miedo y en esas circunstancias suelo desaparecer, aunque esta vez al menos Julia estaba en el ajo.

—¿Miedo de qué?

—Ni idea. El miedo viene sin que le llamemos. Yo creo que me agobió volver a vivir lo que viví entonces. La ciudad está igual, como en suspenso, y eso me conmovió. Ver a Julia tan distinta a como la dejé, sentirme culpable de lo que había hecho y dejado de hacer, poner en pie otra vez una película aquí y ahora... Me asusté. Y huí, claro.

—Bueno, pues ahora ya has vuelto. Cumple con tu deber y no des más dolores de cabeza, que tengo al alcalde muy sensible con el lío de la película y quiero volver a dedicarme a hacer lo que mejor sé hacer.

—A arreglar líos.

—No, a no hacer nada. Soy un especialista, aunque poco valorado.

Se rieron los dos. Galdós le acompañó hasta la puerta, vieron que no había nadie pululando alrededor y se despidieron. Antes, Viberti le pidió un favor.

—Cuéntame de qué va la película. ¿Es como la anterior, la que no rodaste?

—No, pero parecida. Va de un escritor que siente que está en los últimos años de su vida y vuelve a la ciudad donde fue feliz, con la esperanza de recuperar a un antiguo amor y ser absuelto de todos los pecados que cometió cuando era más joven.

Viberti no dijo nada. Galdós regresó dentro de La Casica y apagó la luz del porche. Al volante del coche, Viberti abrió la ventanilla y se encendió un pitillo pensando que esa noche le gustaría volver a soñar despierto, fumándose un cigarrillo como el que ahora tenía en sus labios mientras una mujer le observa y le hace confidencias al oído, un suave susurro. Pensó también en esa cosa tan rara de la noche americana y le dio la razón a Galdós. Su vida era una noche americana. Todas lo son.

Esos celos

Del salón del asilo llegaban los acordes de una canción que el interno tarareaba por lo bajo, aunque con la energía suficiente para que su evocadora voz sirviera de música de fondo para arrullar la visita diaria que Viberti rendía a Canario, un hilo musical que les procuraba una suerte de efecto placebo, tan grato que a menudo interrumpía su cháchara. Entonces enmudecían casi al unísono, se dejaban arrullar por la música, intentaban identificar de qué pieza se trataba, reñían entre susurros si uno presumía de haber acertado antes que el otro, dejaban que avanzara la tarde y se entretenían viendo el desfile de monjitas que iban y venían, la irrupción de familiares de otros internos, el páter que se iba luego de oficiar la misa vespertina y les saludaba quitándose imaginariamente la teja que no llevaba sobre la cabeza. «Es un mundo feliz», le bisbiseaba Canario a Viberti. «Felicísimo, Canario, y muy animado. La antesala del cementerio».

Canario sonreía, cambiaba de conversación y se negaba a responder a Viberti cuando le animaba a pedir el alta y marcharse a su casa. «Esto es mejor que mi casa, Viberti, aquí me cuidan y además tú vienes de visita larga, no de médico, y no solo cuando te interesa algo, como antes». Viberti tenía que darle la razón, aunque nunca le confesó que entre las razones que le animaban a visitarle figuraba como la principal que, aunque le fastidiara reconocerlo, también él se sentía a gusto en el asilo. No sabía si se trataba del mundo feliz que describía Canario pero se le parecía, o al menos se parecía a la idea que él tenía de felicidad. Armonía, placidez, la seguridad absoluta de que un día se parecerá al anterior y será semejante al siguiente: lo que tanto le abrumaba de la ciudad que aguardaba fuera de los muros del jardín era lo contrario a cuanto le hechizaba cuando estaba dentro. Le sanaba también la charla con Canario, porque transcurría según el perfil que él mismo le reprochaba: le visitaba sin tener necesidad de hacerlo, solo por el placer de hacerse compañía en silencio. Y también contribuía a aplacar su tormentoso estado de ánimo saber con seguridad que a última hora de la tarde, aquel joven, un tirillas muy espabilado cuya presencia en el asilo era un enigma compartido por Canario y resto de internos, se arrancaría con una ranchera y así moriría el día, mecido por una melodía que alejaba a su auditorio del otro mundo infeliz que esperaba fuera.

—Toca mejor el chaval, ¿no?

—Se esmera, Viberti. Y nos sirve para pasar el rato, que no es poco. Aquí los días son muy largos.

—Y pesados, imagino. El cementerio que te decía.

—Este cementerio está lleno de vivos. Mira ese tipejo que pasa por ahí, por ejemplo.

Canario señaló entonces hacia un alfeñique a quien Viberti conocía de vista, una inquietante presencia que campaba por el asilo como si fuera su casa, se permitía incluso alguna licencia (Canario aseguraba que a veces les pellizcaba el culo a las monjas más jóvenes) y deambulaba del comedor a la cafetería, antes de encallar en su auténtico sitio, su lugar de trabajo: la enfermería.

—Es Galo, el practicante. Un burlanga.

—¿Es que aquí se juega?

—Poco, pero se juega. Galo organiza las partidas. No veas qué ojo tiene para detectar a los internos con más posibles. Los encela y por la noche en la enfermería prepara alguna timba.

—¿Julepe?

—O lo que se tercie. Es un asqueroso muy imaginativo, eso se lo tengo que reconocer. Usa los botones de las batas como fichas y al final de la semana hace recuento. Paga a quien toque, cobra a los paganinis y se lleva un porcentaje.

—¿Por organizar la partida?

—Por organizarla a lo grande, dentro de nuestros límites. Lleva alcohol y algunos emparedados, se encarga luego de recoger todo y ya te digo que además hace de contable.

—Eso hay que pagarlo.

—Lo cual me parece muy bien. Lo tiene merecido además por su sigilo.

—¿Te crees que las monjas no lo saben? Estoy seguro de que tiene sobornada a la superiora.

—O que a cambio también le toca el culo y lo que no es el culo.

Canario no perdía la guasa ni en esas condiciones. Progresaba más o menos bien en su quebrantada salud, y por eso Viberti le animaba a marcharse, pero no hasta el punto de gozar de total autonomía. «De la cabeza estoy como antes, Viberti, o sea mal. Pero de los remos, fatal. No aguanto un minuto en pie», le decía. Y aunque Viberti sospechaba que Canario más bien fingía para que alguien (una monja, otro interno, el propio Viberti) le llevara de un lado a otro en silla de ruedas, no había manera de comprobarlo. La rutina consistía precisamente en ese acto que se disponía a ejecutar: transportar a Canario bajo la sombra de los castaños en verano, o dentro del ruinoso cenáculo en invierno, asegurarle la provisión de novelitas, distraerle contándole los últimos chismes de la ciudad y aguzar el oído para anotar lo que él tuviera que contarle, fruto de las visitas de sus antiguos colegas radioaficionados.

—Sabes tú más que yo de lo que pasa ahí afuera, Canario —le admitía.

— ¿Y te extraña? Desde que estás en el Ayuntamiento parece que has decidido no enterarte de nada. Y se te da muy bien.

El interno había empezado a cantar pero todavía en voz baja. Eran los preliminares, el prólogo al recital con que obsequiaba a sus compañeros de infortunio empadronados en el asilo. Canario y Viberti sabían que era también una señal de que el concierto se acercaba, que dentro de unos minutos estarían ambos entre el público que seguía los acordes de la guitarra a través del cancionero de México y que reconocerían por fin la primera ranchera de la tarde, la que ahora seguían sin poder identificar.

—O sea, que habrá película.

—Eso parece. Y el alcalde me dejará unos días en paz.

—Lo cual te viene muy mal, Viberti. Tú solo funcionas cuando dejas de estar en paz. Para eso no te necesita Verdú. Le vale cualquier mueble.

—O cualquier funcionario. Te reconozco que estoy maravillado. En mi vida había visto tanta gente a la vez haciendo el dontancredo. Y a costa del contribuyente.

—Pues te deben haber contagiado. El Viberti que yo conocía se hubiera enterado del lío de la película hace un par de semanas. No te hubieran tenido que avisar de que el director se había dado a la fuga.

—Por segunda vez.

—Por segunda vez. Te tengo dicho que en esta ciudad todo ocurre siempre por partida doble. Cuando se ponen en funcionamiento las fuerzas vivas, quieren original y copia en carboncillo.

—Pues esta segunda vez la copia sale bastante desfigurada. Habrá película porque no hay censura.

—Qué cachondo, Viberti, dice el tío que no hay censura. Mírate a ti un poco, haz el favor. Si dais un poco de pena el alcalde, tú y el resto de la cofradía, siempre con una mano atada a la espalda, temiendo molestar. Lleváis la censura dentro.

Viberti solía escuchar estos rapapolvos de Canario con el mismo interés que concedía a los sermones que le tocó atender de niño o las homilías que acompañaban los funerales a los que tenía que asistir, muchos más de los que preveía, por cierto. Sobre todo desde que estaba en el Ayuntamiento. «Esta ciudad se gobierna en los velatorios», le tenía avisado Simarro, quien implantó la costumbre de guiar al alcalde a dar el pésame a los deudos de quien se hubiera despedido del mundo dejando un sitio en el padrón municipal que mereciese las atenciones que Verdú prodigaba a sus seres queridos. Viberti procuraba escaquearse de estos trances, cosa que el alcalde toleraba, aunque le imponía una penitencia: mandar telegramas de pésame y redactar saludas. Un trámite que todavía le enfurecía más. «Eso del testimonio de su consideración más distinguida se le ocurrió al rey de la cursilería», le afeaba a

Verdú. «A ver cuándo acabas con eso». Y el alcalde le respondía: «Más pronto que tarde, Viberti. Cuando nos quedemos sin nadie a quien saludar».

El recital estaba a punto de comenzar. Canario, sentado en su silla de ruedas en su rincón favorito, cerca del comedor para llegar de los primeros a la cena, le hizo una señal a Viberti. Acababa de hacer acto de presencia el doctor Ponce, una visita que Viberti no esperaba.

—¿Y este, qué hace aquí? —le interrogó.

—Viene de vez en cuando, lo raro es que no hayas coincidido con él. Creo que es el médico particular de la superiora.

—O que se apunta a la timba de Galo.

—Pudiera ser. Con Ponce puedes estar seguro de una cosa. Si hay algo turbio por los alrededores, él estará implicado. De pensamiento, palabra, obra u omisión. Como con la película.

—¿Qué tiene que ver con la película? ¿Estaba en el ajo de que desapareciera el director?

—Ahora no, Viberti. Pero la primera vez, sí. Fue quien movilizó a nuestra querida sociedad biempensante para que acabara con el idilio de Julia hija. La madre lo orquestó pero el ejecutor fue Ponce.

—Me dejas turulato.

—Pues espabila. Asegúrate de que esta vez sí hay película y ningún Ponce lo evita.

La melodía llegaba por fin hasta ellos en toda su extensión. Ambos reconocieron la tonada y se dieron un codazo cómplice a la vez, mientras el interno atacaba la primera estrofa. «Te miré, estabas tan bonita, tan sensual». Canario añadió además una mueca que no llegaba a sonrisa ni siquiera a carcajada. Como si reparase en algo que se le había olvidado. «Parece la historia de Julia y el doctor Ponce», le confió a Viberti.

—¿Julia madre o Julia hija?

—La hija, Viberti. Mi teoría es que Ponce estaba enamorado de ella cuando era una cría, porque debía ser un bellezón. Incluso encargó un cuadro a Pesudo, el pintor, y se lo regaló a la familia.

—Lo he visto. Era un bombón, pero muy jovencita.

—La especialidad de Ponce. Las jovencitas y las malas artes. Y los celos.

—¿Celos?

—Celos. Es el paradigma del celoso, si te fijas bien. Celos del director que le levantó a Julia, celos de todo lo que se mueve a su alrededor y él no consigue atrapar. Tengo observado que el celoso, como el envidioso, tiene celos de modo constante, como si los respirase o se alimentara con ellos, y envidia todo aquello que a ti y a mí nos pasa desapercibido o nos da igual. Y Ponce es el prototipo.

Viberti le dio la razón a Canario en silencio y también en silencio se puso a sí mismo como ejemplo de lo contrario. Nunca pudo sentir envidia por nadie y mucho menos celos. Pensó entonces en su ex y pensó a continuación en la enfermera. Le llegó una leve náusea a la garganta, que prefirió atribuir al líquido imbebible que Canario le había suministrado con su petaca, aunque sabía bien que no se debía a ese trago. La náusea procedía de su mala conciencia. Como si tuviera dotes adivinatorias, Canario se lo afeó:

—¿Y la enfermera, Viberti? ¿Ha volado por fin?

—No es de tu incumbencia, pero sí. Ha volado.

—Es raro, con lo bien que la tratabas. ¿No le has expresado tu consideración más distinguida? ¿Se ha despedido sin tu saluda?

—Hoy estás más gracioso que de costumbre. Perdona que no me ría, pero ese bebedizo que llevas en la petaca me está matando. ¿Se puede saber qué es?

—Mi especialidad como coctelero del asilo. Ron Negrita con coñá. Una pócima maravillosa.

—Maravillosa, no hay más ver de qué buen humor te pone.

—Y me acelera el ingenio. Por ejemplo. ¿Quieres saber por qué te ha dejado tu gachí?

—Soy todo oídos.

—Por celos, también. Al final, todo es por celos. La variante más dañina de la envidia.

Viberti se extrañó por ese comentario. Siempre había sido fiel a sus mujeres y le constaba que Canario lo sabía. Entre sus muchos defectos no figuraban, que él supiera, la deslealtad ni su hermana mayor, la traición. Esas palabras de Canario le perturbaban.

—No te entiendo. ¿Celos?

—Celos, Viberti. Pero no esos celos que te imaginas. No te supongo atendiendo a la vez a más de una dama. Ella tenía celos de lo que eres y de cómo eres. No me caía mal, pero te ha hecho un favor largándose.

—Ya te explicarás. ¿Celos de lo que soy? ¿De cómo soy?

Canario sujetó por el codo a Viberti. Era una orden para que callara, para que cesara en sus murmullos. Algún interno les había puesto mala cara porque hablaban mientras la canción proseguía, en dirección al estribillo: «Esos celos me hacen daño, me enloquecen». Canario esperó a que la melodía desembocara en el solo de guitarra para darle a Viberti las explicaciones que le rogaba:

—Ella no podía soportar verte tal y como eres. Te quería cambiar y no podía. Es una de esas mujeres que ha venido al mundo para redimirnos y cuando fracasan, cuando se dan cuenta de que somos misión imposible, empiezan a sentir celos. Celos de que pasaras tanto tiempo con Goñi en vez de con ella, de que vengas a verme por las tardes y a ella solo de vez en cuando, celos de que acabaras en el ayuntamiento a las tantas cada día, de que alargaras la jornada sin necesidad, solo para no volver a casa a estar con ella. Celos de que no le dedicaras todo tu tiempo. Y ya sabes que en cuanto te atrapan los celos, tiendes a imaginar más de la cuenta.

—¿Imaginar qué, que estaba con otra?

—No, Viberti, ya te he dicho que no van por ahí los tiros. No das para tanto. Ella sentía celos de que te lo pasaras mejor sin ella que con ella. Según mis observaciones, ahí suele residir la causa de que tantos matrimonios fracasen.

—Lo nuestro no era un matrimonio.

—Pues mejor para los dos. Cuando llegue la ley del divorcio un día de estos, no la vais a necesitar. Eso se lo dejas a Ponce y los que son como Ponce. Hipócritas.

Canario había mencionado al doctor Ponce porque se dio cuenta de que ya se marchaba, sin esperar a que el interno terminara el recital. Lo vio largarse en dirección a la enfermería, hizo una señal a Viberti («Como sospechábamos, hay timba a cargo del amigo Galo») y le pidió que le llevara hasta el comedor. «Desde allí se escucha igual de bien el concierto y no se me queda fría la cena». Viberti asintió. Sentía palpitar en las sienes el relámpago de esa letra, aquel estribillo tan obvio: «Contigo lo tenía todo y lo perdí». ¿La canción hablaba de él y de su enfermera? ¿O de él y de su antigua ex? Le llegó otra vez la misma náusea y prefirió dejar de pensar. Le pareció mejor idea mantener su conciencia a salvo en ese territorio donde Canario era el rey y él su chambelán, donde cada minuto estaba pautado y el tiempo se reblandecía como ocurre cuando todas las horas son muertas. «¿Estás mejor aquí que fuera, de verdad?», inquirió a Canario, que no tardó en contestar. «La verdad es que no lo sé, Viberti. Antes me he precipitado al decirlo, pero no lo sé. Además, como dice Goñi, todas las comparaciones son ociosas».

La mención a Goñi les puso a ambos de buen humor. Una monja llegó con la bandeja de la cena y Viberti se despidió. «No me gusta que me vean comer», le solía decir Canario. Viberti pensó en el gordo Biosca, en su manía idéntica, y el ánimo se le relajó del todo. El productor estaría feliz engullendo su propia cena a dos carrillos, dichoso porque la película se ponía en marcha, celebrando la buena nueva brindando consigo mismo. El director estaría también feliz, aunque con esa clase de felicidad ausente, pasajera, que distingue a quienes han sufrido algún daño, pero también lo han provocado y saben que una mala sombra les perseguirá siempre. Saben que tendrán que soportar la náusea que les visita como visitaba a Viberti cuando abandonaba el asilo y escuchaba de fondo al interno y su público entonar a la vez el estribillo de la canción, cuyas estrofas trazaban en la cabeza de Viberti un sendero que le llevaba hasta la parte de sí mismo que menos le gustaba, su tendencia a apartar de su alrededor a quienes mejor le querían. Y recordó entonces la nota con que la enfermera le había dicho adiós: «Tienes más amor propio del que puedo soportar y más del que puedes soportar tú mismo. De todas las clases de amor que hay, has elegido el más venenoso. Todo ese amor propio acabará contigo».

3. La dama gris

BUSTILLO

Viberti no recordaba la última vez que lloró, lo cual era una sensación que le confundía. No tanto porque fuese propenso a las lágrimas, hábito que mantenía a raya, como porque calculaba que alguna vez debería haberse abandonado al llanto como era norma entre sus semejantes, teniendo en cuenta que no escaseaban ni las excusas ni las oportunidades. Pero carecía de esa inclinación y ni siquiera en los momentos más graves de su vida se dejaba llevar por las lágrimas, pese a que había observado que contaban con efectos terapéuticos entre quienes las frecuentaban. Y suponía que le habría venido bien ser uno de tantos seres con tendencia al llanto, o uno de esos llorosos de ocasión que al menos se rendían ante algún acontecimiento sombrío o se sinaban la nariz en señal de afecto o de duelo en presencia del ser querido, o simplemente conocido, que pasara por un triste trance. Llorar de alegría por supuesto que no le daba la gana, como se tenía muy bien advertido. Un mandato que ejecutaba sin mancha en su historial porque exteriorizar el éxtasis o el simple contento le pareció siempre de mal gusto. Un tic exhibicionista con el que nunca comulgó. Y porque añadir a un momento de euforia cualquier aportación lacrimógena era el colmo de la falta de decoro, que entendía como la contención de los sentimientos.

Con el paso del tiempo, se había vuelto no obstante más tolerante respecto a quienes se entregaban a la afición del lloriqueo. Pasó de no soportar lágrimas en su presencia (se escabullía de donde estuviera en cuanto se diera semejante espectáculo) a aceptar libremente a su lado la compañía de quien quisiera desahogarse, a condición de que no se enjuagara las lágrimas en el pañuelo como era norma. Le parecía un síntoma de mala educación. Sorber mocos en esos momentos, el culmen de la descortesía. Por el contrario, observar entre sus pares a quien hiciera un esfuerzo (natural, no artificial) por sujetar las lágrimas le congraciaba con ese alguien sin la necesidad siquiera de conocerlo. Su olfato le decía que en esa tendencia a resistirse, a no dejarse llevar, residía una manera pertinente de estar en el mundo de quienes la ejercían. No soportaba a los llorones, sentenciaba para sí al final de todas estas reflexiones, que se solían repetir con mayor frecuencia desde que abandonó los hábitos del periodismo y se convirtió en lo que era ahora, la ocupación para la que tenía un nombre que no le convencía. Jefe de prensa le resultaba una idiotez. Para empezar, porque era un jefe sin subordinados, de manera que de jefe poco tenía. Nadie por el ayuntamiento estaba a sus órdenes, salvedad hecha de las instrucciones que alguna vez daba a Violeta luego del saludo ritual.

—Guarro.

—Facinerosa.

—Haragán.

—Mongola.

—Pedorro.

—Insolente.

Tampoco lo de prensa iba con él. Se suponía, de acuerdo con el protocolo que el alcalde había tomado prestado de otras administraciones de parecida índole, que en esa distribución de competencias iba incluida la relación con los medios de comunicación, pero Viberti se negaba con éxito a mantener con sus antiguos colegas la clase de vínculo que Verdú pretendía instaurar. Le daba pereza tocar el timbre de su antigua casa y tener que lidiar con su sucesor, de quien sospechaba sentimientos análogos hacia él. Más renuente se mostraba incluso a la hora de tener que sostener algún tipo de vínculo con los demás miembros del gremio, que en realidad cabían en un taxi y se podían amaestrar a distancia si eso era lo que pretendía el alcalde. Lanzarles algunas migajas de información de vez en cuando y descolgar el teléfono si se ponían muy pesados para una faena de aliño que consistía en aplicar a esa escala el consejo que una vez le dio un antiguo jefe: «Con los pelmas, haz como se hace con las suegras. Darles la razón en todo y luego haces lo que te da la gana». Le pareció una sugerencia excelente que le había venido muy bien durante toda su vida. La mejor estrategia que conocía para esos raros momentos en que algún periodista de su antigua competencia se ponía en contacto con él, hazaña que merecía siempre de Viberti un mudo aplauso, porque dedicaba buena parte de su jornada laboral a ser invisible para todo el mundo, incluyendo la prensa local: cuando alguno de sus miembros le daba alcance era porque había sudado para localizarle y porque tendría una coartada que merecía la pena considerar. En esos raros momentos, continuaba sin sentirse jefe de nada, pero al menos lo de prensa tenía algún sentido: era la frase que empleaba para saludar a quien hubiera dado con él en alguno de sus escondites. Una manera de reconocer sus méritos.

—Tú dirás, Bustillo. Aquí el jefe de prensa, todo tuyo.

—Poca cosa, Viberti, que no te quiero molestar que me dicen que andas muy ocupado.

Viberti, con las piernas puestas sobre la mesa, midió por encima de la punta de sus zapatos si había algún sarcasmo en las palabras de Bustillo, pero solo se encontró lo de siempre. Un semblante de una extrema inocencia, la clase de mirada que podía desarmar a cualquier interlocutor, pero no desde luego a él, que conocía demasiado bien a Bustillo y sabía que bajo esa apariencia inofensiva se escondía un sabueso. Un periodista de la vieja escuela. Le gustaba Bustillo, siempre le gustó, con su falso aire de donnadie pasado de moda y de lugar. Se lo quiso llevar una vez al periódico pero el tipo se resistió con un argumento que le pareció irrebatible. «Es que no sé escribir, Viberti», le confesó.

—Pero hombre de Dios, si eso sabe cualquiera. O se aprende en dos días.

—Ni lo uno ni lo otro. Escribir no está al alcance de mi humilde intelecto y descarto por completo que vaya a dedicarle un tiempo que no tengo. En la radio me va bien. No se me notarían las faltas de ortografía, si las tuviera.

A su manera, a su triste y conformista manera, Bustillo llevaba razón y Viberti no insistió demasiado. Sabía además que no era un periodista ajeno a la cuota de vanidad que proporciona el ejercicio de la profesión a escala reducida, un estatus que vale para poca cosa pero que hay quien mataría por poseer. Equivalía a un abono gratis para la feria taurina, que Bustillo regalaba a su padre, el pase para el fútbol, que se llevaba de paga un sobrino, y un fugaz movimiento de sillas, cabezas que se giraban cuando ingresaba en el Suizo y algún lechuguino reparaba en su presencia. «Mira, Bustillo, el de la radio». Y poco más. Suficiente tal vez para él, una pesadilla para Viberti, siempre tendente a ser indetectable, vicio que encubría su propia dosis de fatuidad como no ignoraba. El caso es que Bustillo le dijo que no en su día a Viberti y así se ganó su respeto, que ahora se traducía en que, al menos, el intitulado jefe de prensa del Ayuntamiento le prestara alguna atención.

—Venía a darte la murga a ti para no importunar al alcalde, porque imagino que tendrá cosas más importantes que hacer que tú.

—Hombre, Bustillo, así me gusta. Fuerte y a la cabeza. La diplomacia no va contigo.

—Es que no tengo tiempo, Viberti, ya lo siento. Al grano. Me ha llegado un soplo esta mañana y me gustaría por una vez adelantarme al decano de la prensa local y darles la primicia a mis oyentes.

—Dispara, a ver si te puedo ayudar. Aunque no confíes mucho. Yo aquí paro poco y me entero de lo justo.

—Pues ahí va. Ortuondo, ya sabes. El constructor.

—Qué pasa con él.

—Pasa que ha desaparecido. Desde hace días además, aunque solo esta mañana se ha sabido algo. Su mujer ha debido ir a la Policía con el cuento.

—Y a Aráez le ha faltado tiempo para cotorrearlo en el Suizo.

—Ni idea. Yo me he enterado por la calle, pero tampoco voy a contarte cómo me ha llegado. La pregunta es si sabes algo.

—Ni idea.

—¿Y el alcalde?

—Ni idea tampoco, pero despacho en un rato con él y siendo tú, igual me animo y se lo comento.

—Me harías un gran favor. Lo tengo casi confirmado, pero no del todo y no quiero soltarlo en antena. No vaya a ser que esté por ahí de parranda con alguna de esas pajaritas suyas y yo meta la pata para los restos.

—¿Y no será eso lo que está pasando?

—Hubiera pensado como tú de no ser por lo que te digo. Que su mujer lo haya denunciado. Si ella sospecha algo malo, acostumbrada como estará a las vampiresas que frecuenta su maridito, es que tiene miedo. Y no te pierdas otra cosa, además.

—Dime.

—Cuando salía de comisaría, iba llorando.

—¿Llorando por Ortuondo?

—Como lo estás oyendo. Y eso que la tipa, ya sabes, dicen que es un témpano. Pues ya ves. Llorando. Y si llora, es que se sospecha lo peor.

—Que Ortuondo vuelva a casa.

—Joder, Viberti, qué mala baba tienes.

Bustillo se marchó riendo de los dominios de Viberti. Del despacho de Irízar, mejor dicho, que abandonó con el sigilo acostumbrado, a pasitos. En la ciudad donde todos salvo Viberti tenían un apodo, a Bustillo le llamaban así, el Pasitos, porque era su manera de caminar, con la espalda siempre un poco encogida, componiendo una estampa muy familiar por la que Viberti sentía un cariño sincero. Le caía bien porque le caían bien todos aquellos que confesaban sus defectos con la naturalidad con que Bustillo le dijo que no servía para el papel sino para el éter y desde entonces simpatizó con él de manera instintiva y también mutua, quería creer. Le invitó una vez a una ronda en el Suizo recién expulsado del periódico y ese detalle Viberti no lo olvidaba: para pagar su deuda, pondría a Goñi a husmear en cuanto llegara por el ayuntamiento, cosa que estaba sucediendo en ese mismo momento como comprobó asomado al ojo de buey que daba al vestíbulo. Sin novedad en la casa consistorial. El alcalde a sus cosas, Simarro en el puente de mando, Violeta de perro guardián y Viberti dejando pasar las horas muertas, saludando desde el ventanal a Goñi y reparando que llegaba acompañado de una mujer, a quien conducía cogida por el codo. Iba vestida de gris y gris era también su pelo. Era lógico que ese fuera su apodo. La dama gris. Solo desentonaba el blanco del pañuelo que blandía para sofocar alguna lágrima invisible para Viberti, quien se confesó desconcertado. ¿Qué pintaba en el ayuntamiento la mujer de Ortuondo?

La mayoría de fuerzas vivas de la ciudad solían rendir pleitesía a Viberti en su función de periodista y le reservaban igualmente ese tipo de trato desde que accedió al Ayuntamiento, más por temor que por respeto, porque él se aprovechaba de la enorme atención que despertaba la prensa en general, de la exagerada importancia que le daba el contribuyente, y a su persona en particular, una forma de autoengaño que Viberti alimentaba porque sancionaba una relación que le favorecía: de arriba hacia abajo, nunca de igual a igual. Un estatus artificial, una madeja que nunca se desentrañaba. Viberti sabía que en realidad su poder era exiguo y además carecía de ganas para ejercerlo, para adornarlo o para estirarlo. Le convenía que le atribuyeran poderes de los que carecía y no iba a despejar esa duda si podía ayudarle en su aspiración favorita: que le dejaran en paz. Había por supuesto excepciones a la norma. Los poderosos de verdad, los que tenían dinero para hartarse e influencia auténtica sobre el estado de las cosas, ignoraban a Viberti como ignoraban al universo mundo. No era el caso de Ortuondo, según sopesaba Viberti mientras Goñi irrumpía en su santuario con la señora de, vestida como siempre de gris, y se acomodaban en un par de sillas que habían pertenecido a una iglesia desacralizada y adquirida por el Ayuntamiento, llevadas hasta los dominios de Irízar sin que el obispado (cosa rara) se percatase. Ortuondo, se recordaba a sí mismo, tal vez no militase entre los más poderosos miembros de la aristocracia local ni fuera el más adinerado. Pero era sin embargo el más independiente. Fieramente independiente. Una condición que Viberti hizo volver contra él, publicando cuando tocaba aquello que pudiera incomodarle porque sabía que no le iba a molestar. A Ortuondo incluso le venía bien que se le mencionara en según qué noticias para apuntalar esa imagen de sí mismo que había construido, impresa en la férrea autonomía con que dirigía sus negocios y su vida privada, una estrategia que no se vería dañada por ningún Viberti del mundo ni le obligaría a pagar ningún peaje. Era insobornable, inasequible para las cuestiones mundanas porque todo le daba igual. Su único dios era el dinero. Y lo que hubiera entre sí y el dinero era invisible para Ortuondo, incluyendo a su mujer, a quien tendía a considerar un estorbo. Un estorbo muy atractivo, según calibraba Viberti. Sabía la consideración que ella merecía a su marido porque él se encargaba de fanfarronear a cuenta del trato con que le distinguía: ninguno. Era un trofeo, una carísima joya que se había comprado no se sabía dónde, con la que aterrizó un día por la ciudad cansado al parecer de perseguir faldas, vicio al que por cierto se volvió a entregar recién regresado de la luna de miel como el casanova que siempre fue. Según una leyenda popular, le puso los cuernos a su señora ya durante el viaje de novios. Hasta Viberti llegó aquel rumor, al que no dio crédito. Mejor dicho: pensó como tantas veces, que si semejante barbaridad se divulgaba y la gente la daba por buena, era porque podía ser verdad. Que hubiera ocurrido era lo de menos.

Cuando tuvo ante sí a la mujer de Ortuondo convino que lo de su atractivo era un atributo discutible. Los mejores años habían pasado, dejando su huella en los detalles donde suelen aparecer los primeros estragos de la edad. Pero a Viberti tales detalles le daban también igual, porque sostenía la opinión (que se cuidaba de compartir con nadie) según la cual el atractivo, siendo un bien intangible, se oculta en las zonas invisibles de cada cual. Él era un ejemplo. Se tenía por todo lo contrario, pero había sostenido relaciones sentimentales con tal profusión y regularidad que desmentían que su aspecto desaliñado y demás rasgos de su personalidad operasen como una barrera para tantas y tantas mujeres que habían entrado y salido de su vida. Era atractivo, suponía. Se lo confirmó una de aquellas novias, que se encaprichó con él pese a que tenía a su alcance mejores posibilidades. Las raras veces en que se sometía a un escrutinio detallado ante el espejo le daban arcadas. No veía en él lo que otras vieron, pero ese sello invisible encarnaba, ahora ya lo sabía, el misterioso encanto que dotaba de atractivo a su figura. Parecía un alma errante y por lo tanto querían conquistarle para salvarle, por supuesto que con la mejor intención. Salvarle de sí mismo, como si las relaciones más duraderas y también las más fugaces se proveyeran para sus Julietas de un objetivo más trascendente que les diera sentido. Salvando a Viberti ellas se salvaban a sí mismas y salvaban un poco el mundo y sus vidas, lo cual sin embargo no era el caso de la dama que le visitaba. Ella era aún atractiva porque alguna vez lo fue y no necesitaba en consecuencia que nadie la salvase ni salvar a nadie. Solo quería encontrar a su marido. Dónde estuviera y si quería volver a casa le daba lo mismo. El protocolo de la vida conyugal dictaba que tenía que denunciar su desaparición y eso había hecho.

—¿Y el llanto?

—¿El llanto?

—Sí, el llanto. La he visto llorar cuando entraba en el ayuntamiento y la han visto llorar cuando salía de comisaría. Si llora es porque lo siente. Siente su desaparición. Siente algún temor. O siente su ausencia.

—Lo siento, claro que lo siento. Estoy desencajada, ¿es que no lo ve?

—No la conozco lo suficiente para saberlo. Lo que digo es que sus lágrimas no encajan con lo que me acaba de contar. Eso de que ha denunciado la desaparición porque era lo que tocaba y que luego se encoja de hombros mientras lo cuenta.

—Es que lloro mucho, señor Viberti. Lloro por cualquier nimiedad. No es de ahora. Me pasa desde siempre. Mi marido decía que eso le atrajo de mí.

No había pedido permiso para fumar. Ella es una de esas personas que no piden permiso: era el mensaje que lanzaba a sus anfitriones en el Ayuntamiento. Con un gesto hacia Goñi había conseguido que le diera fuego y luego se dedicó a lanzar lánguidas bocanadas hacia Viberti, como si lo estuviera hechizando con esa nube de humo. Si era un ritual de cortejo, si era la forma en que enredó a Ortuondo, Viberti no lo supo ni lo quiso saber. Le pareció más bien que era la manera natural en que ella se relacionaba con aquellas personas que ni le importaban ni le caían bien, esos accidentes del camino que adoptan la forma humana, con quienes tiene que confraternizar necesariamente porque se encuentra en una encrucijada y precisa de sus servicios. Si por ella fuera, según podía leer Viberti entre líneas en el código con que manejaba la conversación, seguiría recluida en su palacete, jugando solitarios contra sí misma, cuidando el parterre de camelias que le había valido algún premio de cierto prestigio y dándose sus famosos baños en su piscina con forma de riñón, un hábito al que, según otra leyenda que circulaba por la ciudad, se consagraba todo el año, así en verano como en invierno. Otra leyenda, más inverosímil que la anterior, sostenía que esos baños se los daba desnuda.

—Será como usted dice, pero a mí me educaron en la idea de que se llora lo que se teme perder. Por eso le preguntaba. Por el contraste entre la pena que dice no sentir por el paradero de su marido y ese llanto tan persistente.

—Hay tantas ideas como personas en el mundo, señor Viberti. Quédese con ella si le gusta, pero le advierto de que no he venido a una sesión de psicoterapia. Me han aconsejado que ponga la desaparición de mi marido en conocimiento del alcalde y por eso estoy con usted, porque según me cuenta este caballero cuyo nombre no tengo el gusto...

—Goñi, señora de Ortuondo. A sus pies.

—Pues porque según el señor Goñi, para ir a llorar al alcalde primero tengo que pasar por este despacho. Ya perdonará que le incomode.

—No es ninguna molestia. Goñi le ha aconsejado bien. Comprenderá que si cada administrado que se levanta de buena mañana con una cuita aparece en el despacho del señor alcalde, este no haría otra cosa todo el día que atenderle.

—¿Y no es esa su ocupación?

Ella era insolente o era ingenua. O una mezcla de ambas cosas. A esa pregunta no supo Viberti qué contestarse, aunque a medida que la charla avanzaba caía en la cuenta de que la señora de Ortuondo, como le había llamado Goñi y le gustaba presentarse a ella misma, poseía una rara inteligencia que Viberti no supo si era natural o adquirida. O una mezcla de ambas cosas. Sentía que a ella todo el mundo le daba igual, no por soberbia, sino por falta de tiempo para destinárselo a quienes querían captar la atención que se negaba a dedicarles. Su idea de la gente era instrumental. Dividía a las personas en función de si las necesitaba para algo o no. A estas últimas directamente las olvidaba al minuto de conocerlas. Las primeras, como Goñi o Viberti, eran un fastidio al que tenía que someterse en función de una ambición más elevada. Si quería saber qué era de su marido, tenía que torear con Goñi, con Viberti y con ese policía llamado Aráez que no hizo más que mirarle el escote mientras le tomaba declaración para la denuncia.

—Dirigir esta ciudad, por ejemplo.

—Pues la tiene hecha un asco, así que mucho tiempo no le dedica, si quiere saber mi opinión.

—No, señora. No la quería. Puedo vivir sin ella perfectamente.

Goñi soltó una inaudible risita de las suyas, se revolvió un segundo en la silla buscando la postura más cómoda para cruzar unas piernas que no le llegaban al suelo y ella hizo algo parecido. Cruzó las piernas según un ceremonial ya caduco, pero que encantó a Goñi igual que debió maravillar a Aráez en la Comisaría. Sería uno los gestos que empleó para encandilar a Ortuondo, pero que a Viberti le dejaban frío porque le faltaba el don que necesitaba siempre para que algo mereciese su atención: la espontaneidad. Y porque además había percibido en ella desde que entró por el Ayuntamiento lo que proclamaba a gritos tanto su lenguaje verbal como el gestual. La palabra peligro, que le exigía la máxima concentración, por su propia integridad y porque no quería ir al despacho del alcalde sin antes haber desactivado esa bomba andante que le parecía la mujer de Ortuondo, a quien estuvo tentado varias veces de llamarla por otro nombre: la viuda de Ortuondo. Un error que no cometió a pesar de que toda la información que ella suministraba iba en esa misma dirección. Permitiendo, no sabía Viberti si porque esa era su intención o porque no se enteraba de nada, que sus anfitriones llegaran a esa conclusión por sí solos.

—Pasaré por alto sus impertinencias, señor Viberti. Pero le ruego que se tome en serio lo que le digo. No sé cuáles serán esas extravagancias con las que viene la gente por aquí para que usted se las cuente al alcalde y vea de solucionarlas, pero créame si le digo que la desaparición de mi marido le tiene que interesar. Y mucho.

—¿Por alguna razón en concreto que me sirva para valorar la necesidad de importunar al señor alcalde?

—Por quinientos millones de razones, ya que se pone usted farruco. Es el presupuesto del nuevo ayuntamiento como seguro que sabe. Quinientos millones de pesetas.

—¿Y qué tiene que ver eso con su marido?

—Con mi marido, no. Con su constructora, más bien. Es la encargada de construirlo. Y sin mi marido, no hay constructora. Y sin constructora, no hay nuevo ayuntamiento.

Goñi soltó la segunda risita consecutiva. Viberti despidió a la mujer con una mirada glacial, sin darle la mano siquiera. Llamó por teléfono a Violeta y le contó por encima lo que había: «Necesito diez minutos con Verdú».

—Te doy cinco.

—Me valen.

Y mientras subía las escaleras hacia alcaldía, caminando un tramo del corredor por detrás de Goñi y la mujer de Ortuondo, notó que ella se volvía a enjuagar las lágrimas con el pañuelito blanco, un inquietante gesto de color en aquel universo gris que ella enmarcaba con su peinado ya algo pasado de moda y su indumentaria marengo. Supo que ella sabía que él la seguía cuando dejó caer el pañuelo, uno más de que aquellos anticuados ritos que le servirían para desarmar a su marido, pero que acababan de pasar a la historia por ineficaces. Viberti recogió el pañuelo y se lo pasó a Probo.

—A Objetos Perdidos, por favor.

—¿No es de esa dama?

—Ya no. Propiedad municipal.

—A la orden, jefe. Y un consejo.

—A ver.

—Ojito con ella. Material explosivo de primera calidad. Nitroglicerina pura.

—¿Lo sabes por experiencia?

—Lo sé porque lo va taconeando por el ayuntamiento desde que ha entrado. Tengo a todos los ordenanzas revolucionados.

—Pues una ración de bromuro y a otra cosa. Y gracias por el consejo.

—No hay de qué. A mandar.

Al fondo del corredor, Viberti vio que Simarro había salido de su guarida para saludar a la mujer de Ortuondo, a quien invitó al antedespacho del alcalde. Él se quedó fumando mientras esperaba a que llegara Verdú, para informarle de lo que había y de lo que no había. Lo que no había era sencillo: faltaba Ortuondo. Lo que había no sabía aún cómo interpretarlo porque le ocurría lo que tantas veces le bloqueó como periodista. Demasiada información en demasiado poco tiempo, una conclusión que le llevaba al ensimismamiento y de ahí a la parálisis. Un estado de postración del que Goñi le rescató.

—Menuda mujerona, Viberti. Ya no las fabrican así, valga la redundancia. Y tiene fama de linfómana.

—Un lío andante, Goñi. A ver cómo se lo cuento a Verdú.

—Pues como tiene que ser, hijo, como mandan los cáñones. Y no te preocupes tanto, que pierdes eficacia. Y algo peor.

—A saber.

—Que haces que la perdamos los demás. No sé si te das cuenta de que tú nos haces mejores y también peores.

—¿Yo?

—Tú, hijo, tú. Todos queremos estar a tu altura y si lo conseguimos, estupendo. Hiel sobre hojuelas, como suele decirse. Pero también nos ocurre lo contrario, que nos precipitas contigo al abismo cuando te deprimes y entonces no valemos para nada. Ni ayudamos al alcalde ni servimos para nosotros mismos. Así que por favor, no nos hagas la faena de venirte abajo porque nos arrastras a todos y contigo no hay manera de tocar nunca el cielo. Y bastante infierno tenemos ya en la tierra.

El oficinista

Las oficinas de Ortuondo ocupaban una umbría ala dentro de un edificio elefantiásico conocido en la ciudad como El Laberinto, aunque su auténtico nombre encerraba el culto a la megalomanía que caracterizaba a su promotor: Ciudad Ortuondo, nada menos. Fue el ingenio popular el encargado de rebautizar el bloque, que era en realidad un conjunto de fincas tan enrevesado que los carteros solían perderse y que la clientela de bufetes, consultas médicas y oficinas de seguros que anidaban en sus primeras plantas también eludía visitar si podía evitarlo. Su oprobiosa figura, plantada en medio de la nada en dirección a la ciudad del futuro según la propaganda que Ortuondo utilizó para promocionar a su criatura, tampoco ayudaba a ser querida entre la plebe, que competía en salero haciendo chistes al respecto del Laberinto y a cuenta de la manía del constructor en rondar faldas ajenas. A despecho de las habladurías, Ortuondo en cualquier caso tenía lo que quería. Era temido y no respetado, condición esta última que le daba lo mismo porque incluso le importunaba a la hora de rendir devoción a su auténtica pasión, la cuenta de resultados. No tenía mala conciencia con sus tejemanejes porque no tenía conciencia, un estorbo que se quitó de en medio muy joven, cuando emprendió la misteriosa senda del éxito en los negocios que le llevaron a la cúspide del empresariado local, donde tenía situado a una suerte de testaferro para evitar los focos y contribuir a que permaneciera en secreto cómo había alcanzado semejante nivel de riqueza y poder. De dónde arrancaba su buena fortuna era un enigma que seguía sin ser sustanciado entre sus paisanos y que tampoco atinaban a descifrar quienes se situaban en la cúspide de la pirámide social, aunque creyeran saberlo todo. Tampoco Viberti acertó nunca con la tecla exacta cuando dirigía el periódico y tampoco podía, por lo tanto, contestar ahora al alcalde cuando le interrogaba sobre el estado de las finanzas del constructor luego de que él le relatara la visita de su mujer y el enigmático suceso de su desaparición. Se limitó a encogerse de hombros, gesto que disgustó a Verdú.

—Desde que estás en el Ayuntamiento te encoges de hombros demasiado a menudo, amigo Viberti. También el bueno de Simarro me lo ha hecho notar.

—Será que me he convertido en lo que querías.

—¿En qué si puede saberse?

—En funcionario. ¿No es lo que hace todo el mundo por aquí, encogerse de hombros y vuelva usted mañana?

—Todo el mundo con plaza vitalicia, Viberti, pero ese no es tu caso. Hasta que formes parte de la plantilla fija, y entonces te puedas encoger de hombros durante toda la jornada laboral, te necesito más en forma. Dando soluciones a los problemas y no al revés como sucede hasta ahora. Así que andando. La viuda será lo que sea, pero lleva razón en una cosa.

—¿La viuda?

—La mujer, joder, que me has contagiado. Es que tiene pinta de viuda, la verdad.

—¿Y en qué lleva razón?

—En que tiene quinientos millones de razones para que estemos preocupados. La primera duda que tienes que despejar es sencilla: si Ortuondo desaparece, ¿su constructora se va a pique o podemos seguir confiando en que concluya el nuevo Ayuntamiento?

—Yo diría que lo primero y no es por ser aguafiestas. Pero me pongo con ello y despejo la equis de la ecuación. Algo sabrán en sus oficinas. O en la Caja, que es de donde sale la financiación.

—Empieza por lo primero. No me gustaría tenerme que arrodillar ante Macías.

—No serías el primero, pero te entiendo. Aunque tal vez...

—¿Tal vez qué?

—Que si acabas en el despacho de Macías para saber qué opina la Caja, te puedes enterar de paso de dónde saca Ortuondo tanto dinero. Mejor dicho, de dónde salieron los primeros millones para que levantara su imperio.

—Tiempo al tiempo, Viberti. Los bueyes delante del carro.

—Goñi lo dice al revés. El carro delante de los bueyes.

Se rieron los dos. A Viberti esa carcajada compartida le hizo bien, porque anestesió su lado fúnebre, y además le sirvió para recordar que llevaban tiempo sin reírse juntos, lo cual también representó una novedad gratificante. Simarro solía hacerle al alcalde una pregunta recurrente: «Aquí, ¿cuándo se divierte uno?». Una pregunta para la cual Verdú no tenía respuesta y ahí residía a juicio de Viberti la explicación a la angustia que dominaba no solo al alcalde, sino a sus fieles. La sensación de que iban detrás de las cosas en vez de ser sus ejecutores. Viberti pensaba cuando el alcalde le reclutó que ese amargo calvario solo le sucedía en el periódico, pero ahora comprobaba que en el Ayuntamiento también sufría para ir por delante de los acontecimientos. La ciudad tiene vida propia, concluía. Y el truco residía en auscultar su auténtica esencia y avanzar de la mano de ella. Un matrimonio de conveniencia, los mejores. Donde ninguna de las partes se adelantara demasiado a la otra y donde ninguna tuviera demasiadas expectativas respecto a su pareja.

Estos pensamientos le ayudaron a entretener la espera en la salita aledaña al despacho donde oficiaba el hombre de confianza de Ortuondo, el eficaz Mellado. Eficaz porque según se contaba cumplía a rajatabla las instrucciones de su jefe como si Ortuondo fuera Moisés en el monte Sinaí con las tablas de la ley. Eficaz porque las ejecutaba con silenciador, sin organizar escándalos. Sabía bien a qué puerta debía llamar para cada encargo, conocía las debilidades de quien se sentaba al otro lado y estaba además familiarizado en el ejercicio de dos socios indispensables para escalar por el escalafón del empresariado local: el chantaje y su hermano pequeño, el soborno. De la mano de esos dos aliados, Mellado se bastaba para organizar la constructora según los designios de su jefe, que consistían en otro mandato bíblico: crecer y multiplicarse. A Ortuondo no le era suficiente un crecimiento cualquiera, pusilánime. Quería conquistar, como así hizo prácticamente, la ciudad entera para que el logo de su empresa (su efigie, enmarcada por la O gigante de su apellido) se extendiera entre la parte vieja y el Ensanche donde aún quedara algún solar vacío y sobre todo por las parcelas de la periferia, donde se imaginaba que querían residir esos nuevos contribuyentes que se acababan de cansar del 600, abominaban ya del R12 y empezaban a pensar un poco más a lo grande. Ortuondo presumía de su buen olfato para predecir el signo de los tiempos. Y Mellado gravitaba a su lado en la misma longitud de onda. Eficaz, desde luego, pero también discreto y leal. Alguna vez los vio juntos Viberti correteando por las afueras y llegó a pensar que el contable estaba medio enamorado de su jefe, tal era la fidelidad perruna con que lo distinguía. Una pleitesía en el trato que garantizaba lo que Ortuondo necesitaba: alguien a su lado que no hiciera preguntas. El resto, supuso Viberti, corría de su cuenta, porque Ortuondo poseía el atributo esencial para medrar en la pirámide económica y social: ausencia total de escrúpulos.

—Señor Viberti, cuando guste.

Mellado le sacó de sus cuitas invitándole a entrar en su oficina. Sobre la mesa, un vaso con agua efervescente. «Es mi quinto o sexto alkaseltz del día», le informó. «Mi único alimento entre semana». Era casi una celda conventual, pensó Viberti. Carencia absoluta de los emblemas propios del poder y una decoración espartana, con un mobiliario pasado de moda que representaba muy bien la condición franciscana de Mellado, a quien veía siempre con el mismo traje y los mismos zapatos, con el mismo coche de hace mil años y viviendo en la misma casa donde lo conoció recién llegado a la ciudad, un tercer piso sin ascensor de una anodina finca de una calle cualquiera. El tipo ideal para todos los Ortuondos del mundo.

—Supongo que imagina por lo que vengo.

—No me gusta imaginar nada, Viberti. Ya lo siento. Es una manía que tengo. Pero sí, supone usted bien. Se ha corrido el rumor por la ciudad y habrá llegado al Ayuntamiento.

—Bueno, si estamos hablando de la desaparición de su jefe, es más que un rumor. Hay una denuncia en Comisaría.

—Sí, estoy informado. La ha puesto su mujer, pero yo no me pondría nervioso por eso.

—¿Ah, no? ¿Sabe usted algo que yo no sé?

—Con lo que sé yo y usted no sabe, señor Viberti, daría para un periódico entero como el que usted dirigía. Y no se lo tome a mal. No es mi estilo alardear.

—Pues para no ser su estilo, se le da muy bien. Le noto entrenado.

—No me malinterprete. Es una simple frase. Una frase hecha, para romper el hielo.

—No hay hielo que romper. Yo no soy Viberti el periodista, al que toreaban usted y Ortuondo. Vengo con un encargo del señor alcalde. Puede tomarse esas confianzas con otro.

—Insisto, le ruego que no se lo tome a mal. Estoy a su disposición, pero creía oportuno avisarle de que llamar desaparición a que el señor Ortuondo falte un par de días de su oficina me parece exagerado. Yo creo que su mujer tiene tendencia al drama, si me permite.

—Bienvenida sea esa tendencia, entonces. Nos viene muy bien en el Ayuntamiento porque así puedo hacerle esta visita y que me cuente usted dónde para su jefe, cuándo piensa volver y sobre todo si hay algún problema en el proyecto del nuevo Ayuntamiento.

—No tengo respuesta para las dos primeras preguntas. Para la tercera sí, pero prefiero que le responda mi jefe cuando vuelva.

—El caso es que no tenemos tanto tiempo. Yo también tengo un jefe con la costumbre de ponerse nervioso, sobre todo cuando pasea por el solar donde deberían estar las grúas trabajando y lo encuentra vacío. Bueno, no del todo. Ya han puesto ustedes el cartel de su constructora.

—Es norma de la casa. El cartel, siempre por delante. Pero me temo que no tengo buenas noticias para usted. Sin el permiso del señor Ortuondo, no le puedo facilitar esa información que me pide. Sí le aseguro algo: que esta casa siempre ha cumplido en fecha y forma con los encargos, sobre todo si son del Ayuntamiento. Así que puede decirle a su jefe que se calme.

La conversación iba mal. Viberti lo notaba pero también se sentía cansado de que tanto en su anterior desempeño como en su actual ocupación sus interlocutores se parapetasen tras el silencio o, peor, tras una trinchera de verborrea, medias verdades y mentirijillas que le asqueaban. Era el mismo código con que se había empleado de periodista, aunque ahora calculaba que en su recién adquirida autoridad de jefe de prensa del alcalde encontraría una predisposición mayor entre los administrados a obedecer sus mandatos y no esquivar las balas que iba lanzando al servil Mellado, quien sin embargo le oía como quien oye llover. Decidió, como tantas veces, transigir. Tenía una orden que cumplir y todas esas prevenciones, el juego de poderes sobre quién manda de verdad aquí y ahora, podrían esperar a dilucidarse en la siguiente glaciación. Así que obedeció a la instrucción que empecinadamente le trasladaba Simarro: «Eficacia, Viberti, máxima eficacia. Tenemos que resolver los líos municipales sin añadir otros. El orgullo te lo dejas en casa».

—Yo no hablo al señor alcalde en esos términos —acabó respondiendo a Mellado—. Y además, lo necesito nervioso.

—¿Nervioso? ¿Necesita al alcalde nervioso en lugar de sereno?

—Sí, no le conviene estar sereno. Cuando estamos todos demasiado tranquilos, presagio tormenta y entonces el alcalde me azuza y quien se pone nervioso soy yo, cosa que me desagrada profundamente.

—Una estrategia curiosa.

—Me alegra que se lo parezca, pero me alegrará más cuando me conteste.

—A ver.

—Nada muy complicado. Lo que le pido es muy sencillo. Usted debe saberlo como contable de esta casa. ¿Veremos el nuevo ayuntamiento levantado en fecha y forma como usted dice y sin derramas adicionales? Una pregunta para que responda sí o no.

La conversación, como recordaría luego Viberti, seguía subiendo de tono sin que ellos lo percibieran. Cuando recreaba las palabras que se dirigieron, notaba en ellas una tensión que se disolvía, sin embargo, en la austeridad de la oficina, un magro espacio cuyas paredes estaban consagradas a mayor gloria de los proyectos que la constructora había edificado no solo en la ciudad y el resto de la provincia, sino en media España, que era donde residía la explicación del mayúsculo enriquecimiento de Ortuondo en los últimos años. Esa intensidad en su charla, que se respiraba entre las invectivas de uno y las ocurrencias de otro, no les impidió ir avanzando, porque parecían cumplir una suerte de guion pactado de antemano. Eran actores interpretando cada cual su papel, con su voluntad más o menos secuestrada por sus respectivos jefes. Marionetas, pensó Viberti después. «Hicimos lo que había que hacer», concluyó, y un punto de orgullo hacia sí mismo le atravesó por un segundo por haber sido capaz de aplacar a su auténtico y rebelde yo. También de admiración hacia Mellado. La conversación había sido tensa, pero había reculado a tiempo, obedeciendo a Simarro a distancia, y alcanzando alguna pequeña conquista, resquebrajando una minúscula grieta en la fortaleza que rodeaba a Mellado, quien por un instante flaqueó.

—Le tengo que corregir, yo no soy el contable de esta empresa.

—¿Ah, no? Estaba entonces mal informado.

—Lo está. Será que se ha oxidado su maquinaria de periodista.

—¿Y qué es usted si puede saberse?

—Oficinista. Un humilde oficinista. Mi cometido no consiste en cuadrar las cuentas, ni en organizar la estrategia del señor Ortuondo ni de asegurarme que se cumplen los plazos en sus proyectos. Me limito a venir por la oficina cada mañana, engrasar los ejes de la empresa, apretar un poco aquí y un poco allí y garantizar el libre flujo de papeles, hacia afuera y también hacia adentro. Tengo por cabeza una llave inglesa.

—Pues parece que funciona bien. Esta empresa no deja de crecer.

—No soy el más indicado para juzgar mi propio desempeño, pero le reconozco que no se me da mal. Tengo lo que hay que tener.

—Por ejemplo...

—Ausencia total de ambiciones.

—Eso es una novedad grandiosa en estos tiempos.

—Lo es. Es lo que el señor Ortuondo más valora de mí. Mi lealtad está sellada a su destino porque sabe que jamás osaré intentar nada por mi cuenta.

—El oficinista perfecto.

—Algo así, pero lo dice usted. No me gusta halagar y menos que me halaguen. El halago debilita, pero también le confieso que vengo observando que este pobre talento mío sirve para más cosas de lo que yo pensaba. Tal vez me he minusvalorado a mí mismo durante demasiado tiempo.

—Permita que le diga que no me parece usted la clase de persona que se minusvalora.

—Pues se equivoca. Lo soy. Pero estoy cayendo en que mi pobre ausencia total de aspiraciones representa un activo muy valioso, no solo para mi jefe. Calculo que nos iría mejor a todos si este tipo de personajes que son como yo menudearan con más frecuencia entre nosotros.

—Sí, sería estupendo. El paraíso. Un país de oficinistas.

—Todo se andará, señor Viberti. Y ahora, si no requiere nada más de mí, permita que siga con mis cosas.

—No se preocupe, no le molesto más. Veo que he chocado contra un muro y además no le quiero robar su tiempo, porque tendrá usted que mover todos esos papeles que me decía. Hacia afuera y hacia dentro. Con su llave inglesa.

Viberti se puso en pie y Mellado le imitó. Procuró entonces calibrar si en su insignificancia habitaba algún signo que desmintiera esa impresión, pero nada en su expresión invitaba a pensar lo contrario. Mellado era lo que veía. Alguien muy sagaz que había dedicado toda su vida a que no se notara su astucia o a que lo notara tan solo quien lo tenía que notar. Ortuondo, por ejemplo. Viberti le hizo una señal hacia las fotos que recorrían las paredes de la oficina. Construcciones, bloques de pisos, chalés al borde del mar... Proyectos concluidos o en ejecución. Mellado se acercó a las fotos y las enumeró. Torremolinos, Baleares, el litoral cantábrico...

—Nos estamos especializando ahora en edificios de apartamentos en la costa, ya ve. No sé si está familiarizado con el concepto de moda, la segunda residencia. Es lo que viene.

—¿Eso no lo inventaron ya los romanos?

—Pero sin profundizar en la idea. ¿Qué me dice, Viberti? ¿Se anima?

—Tengo suficiente con la primera residencia.

—Usted sí porque es de la vieja escuela y porque sabe hacer lo que también sé hacer yo, conformarse. Pero esa es una virtud en desuso. Los tiempos que llegan serán de un suave inconformismo y para encauzar esa rebeldía se ha inventado el apartamento en la playa. Es una idea genial, ¿no le parece?

Viberti contestó con el gesto que le reprochaba su jefe. Se encogió de hombros, tomó la gabardina y se dirigió a la puerta, desde donde habló de espaldas a Mellado. «¿Y esta otra foto?», le preguntó sin mirarle apuntando al retrato donde aparecía un edificio venido a menos, medio desvencijado. Una especie de chalecito alpino rodeado de un jardín igual de comatoso. «La Residencia Helvética, señor Viberti. Un edificio que acaba de adquirir nuestra empresa para derribarlo y reconvertirlo. Era un residencia privada y pronto serán apartamentos, en primera línea de mar. Si está usted interesado, le puedo sugerir al señor Ortuondo que le haga un precio especial. Ahora mismo es su principal capricho, la niña de sus ojos».

—No se moleste. Me falta rebeldía para tener una segunda residencia como bien dice. Y si quiere mi opinión, esa casa me gusta como está. No me parece buena idea derribarla. Según mi pobre experiencia, lo nuevo no mejora lo viejo.

—Me parece un comentario juicioso aunque tal vez digno de otra época, señor Viberti. Pero con mucho gusto se lo haré saber a mi jefe.

—Cuando aparezca.

—Cuando aparezca, pero no tema. Aparecerá. La gente como el señor Ortuondo siempre aparece. Nos pondrá en nuestro sitio y seguirá a lo suyo.

—¿Tenemos un sitio?

—Lo tenemos y usted lo sabe. Aparentar.

—Discrepo. Yo al menos solo me dedico a otra cosa. A esperar. Y no me da la gana aparentar que estoy esperando.

—¿No dicen que las apariencias engañan?

—Las apariencias nunca engañan. Solo hay que saber mirar.

Mientras Viberti bajaba por las escaleras del Laberinto, perdiéndose a cada zancada por ese frenesí de escaleras interiores y rampas que conducían al punto de partida, se preguntaba si era verdad que, como sostenía Mellado, se dedicaba a aparentar. Concluyó que era una definición mejor para Mellado que para sí mismo. El mundo que se empezaba a levantar delante de sus ojos era precisamente eso, pura apariencia, pero él no participaba de semejante superchería. A Mellado sí que le iría bien en ese nuevo tiempo que llegaba. Era un maestro aparentando ser más tonto de lo que era. Justo lo opuesto a lo que ya se estaba poniendo de moda. El tiempo donde triunfaba aparentar que uno es más listo de que lo es en realidad. El sueño de cada Ortuondo del mundo.

—Me llamo Nieves, por cierto.

Viberti le dedicó a la mujer de Ortuondo una mirada más detenida, minuciosa. No era la mirada que le dirigió cuando se vieron en el ayuntamiento, cuando se encontró con una *matahari* venida a menos que seguía utilizando sus mañas para cautivar a los Probo, Goñi y compañía, trucos que Viberti tenía tan vistos que no le conmovieron. Pero ahora reclamaba su atención. Para empezar, porque le extrañó que le enviara recado para que se pasara por su chalé. Un movimiento que Viberti no esperaba: siempre pensó que con su visita al ayuntamiento había dejado la pelota en el despacho del alcalde. Esa llamada lo desmentía. O tal vez, pensaba Viberti, es que había algo más, una suposición de naturaleza insana que le visitaba a menudo y que solía llevarle por el camino correcto. Siempre hay algo más. La mujer de Ortuondo no les había contado toda la verdad, se había guardado información para ella, se había limitado a ponerles sobre la pista... O se imaginaba por dónde podía andar su marido, urdía una venganza por algún desencuentro conyugal y activaba los resortes municipales empleando como argumento imbatible que la construcción del nuevo ayuntamiento quedaba en el limbo si no aparecía. Todas esas ideas bullían en la cabeza de Viberti mientras avanzaba hacia la casa, un imponente edificio con tejados a varias aguas, por un camino de sirga festoneado por una apabullante teoría de parterres, un jardín menor, otro más grande, por donde patrullaba el personal de servicio, para el cual toda visita era invisible. Al pie de la escalera central (luego supo que había otras), le esperaba la dueña de la casa, que encajaba bastante bien con el conjunto, con la arquitectura, las zonas verdes, la rosaleda, los macizos de camelias y la piscina en forma de riñón, que parecía diseñada para ella. Le pareció que tenía sentido, viendo lo que veían sus ojos, del palacete a los jardines, que se bañara desnuda. Que la leyenda fuera falsa le hubiera decepcionado.

Ella vestía de gris, por supuesto, un color que añadía un toque fúnebre a la estampa, dominada por el azul y blanco de la fachada del chalé llamado Villa Madrid, como pregonaba el letrero junto a la verja y también las letras pintadas en tono púrpura en el frontón sobre el porche de entrada. Villa porque a su anterior dueño, un fanfarrón a quien Ortuondo había guiado con mano sabia y sin grave escándalo hacia la bancarrota antes de hacerse con su posesión más querida, el concepto de chalé le parecía poco. Y Madrid porque se encontraba en la antigua carretera que iba hacia la capital del reino, donde se alineaban otras construcciones semejantes, pero sin el poderío del actual domicilio de Ortuondo, quien paraba poco por su principal propiedad. Era en realidad el territorio para su mujer y también para ejercer como sede de la vida social que merecía su condición de todopoderoso empresario, pero siempre se sintió incómodo dentro y fuera de la mansión. A su mujer le ocurría lo contrario, como pronto detectó Viberti. Ese era su sitio en el mundo, se dijo mientras le estrechaba la mano que le tendía y culminaba su labor inspectora. La tal Nieves merecía un interés especial. Se reprochó a sí mismo no habérselo concedido en el ayuntamiento

—Me ha mandado usted llamar, doña Nieves. A su disposición.

—Retire lo de doña. ¿Le recuerdo a su abuela?

Viberti se alarmó observando que la fase de coqueteo se iniciaba antes de lo previsto. Mantuvo la calma, decidió seguir el juego («Eficacia, Viberti, eficacia»: las palabras de Simarro martilleando en su cabeza) y tomó el asiento que le ofrecía en la terraza junto a la entrada. De algún lugar apareció una criada en uniforme con una bandeja.

—¿Limonada, señor Viberti?

—Me puede retirar también lo de señor.

—¿Le llamo Viberti entonces? ¿Por el apellido? ¿No tiene nombre?

—Lo tengo pero no lo uso. Viberti está bien, gracias. Y gracias también por la limonada, pero prefiero otra clase de tragos.

—¿Se hace el interesante?

—No me lo hago. Sé que lo soy.

Ella captó el sarcasmo con naturalidad porque estaba bien informada de quién era el caballero que venía a verla en nombre del alcalde y la fama que le precedía. Hizo un gesto a la doncella para que se marchara, pero cuando ya se iba, rectificó: «Tal vez al señor Viberti le guste algo más fuerte». La criada se le quedó mirando, él lo descartó («Lo prefiero, pero no aquí»), ella miró a su patrona y la escena se congeló por unos segundos. Como vio que ninguno le prestaba atención, la chica finalmente se fue por donde había venido. Cuando llegó a la cocina, se confió ante el resto del servicio: «Se están retando como los pistoleros de las películas del Oeste». Y en efecto, así se estuvieron mirando durante un rato, para sorpresa de Viberti, quien se sentía como una pieza expuesta en una sala de subastas donde solo había una persona pujando, la mujer de Ortuondo. La mirada que él le dirigía a ella era distinta. Era la mirada del topógrafo que evalúa un terreno, la del ingeniero de minas que tropieza con un yacimiento potencial, la del jugador de naipes que calcula hasta dónde pueden llevarle las cartas que le han tocado en esa mano. ¿Ella se sintió halagada? Viberti no supo qué contestarse, pero él se notaba incómodo. No le gustaban los silencios tan prolongados ni darse cuenta de que no dominaba la situación cuando solía suceder al contrario. También le disgustaba el escenario de ese vodevil que estaban escenificando, un chalé demasiado aparatoso con demasiado personal de servicio y demasiada flora a su alrededor, todas esas plantas exuberantes alrededor del formidable arbolado que ejercían de espectadores en ese teatrillo recién montado. Una amenazadora presencia vegetal que le ponía en desventaja ante su anfitriona, más desenvuelta porque se sentía arropada por el mensaje que emitía su ostentosa Villa Madrid, la apabullante finca de altos muros y una generosa plantilla de trabajadores a su disposición cuyo cometido principal consistía en intimidar a las visitas, como estaba ocurriendo con Viberti. Fue entonces cuando supo por qué lo había citado allí. Era su mosca en su tela de araña.

—Algo me dice que usted sabe dónde está su marido, pero ni lo contó en comisaría ni lo contó en el ayuntamiento.

Ella saboreó la limonada mirando por encima del vaso a Viberti y sopesando su respuesta. Optó por otra ración de silencio, esperando que lo rellenara Viberti.

—Se lo digo en confianza. Es un pálpito que tengo. ¿Voy bien encaminado?

—¿Y es un pálpito compartido? ¿Lo ha comentado con el comisario o con el alcalde?

—O sea, que voy bien encaminado.

—¿Deduce eso de mi contestación?

—Lo deduzco de que no me ha contestado. Es lo que suele hacer la gente como usted cuando no quiere darme la razón

—¿La gente como yo?

—La gente como usted. La que se cree superior.

Ella sonrió. El dardo le pasó rozando o si hizo diana no la hirió. Viberti supuso que estaba entrenada en este tipo de conversaciones y se imaginó a Ortuondo dirigiendo a su mujer una serie de pullas parecidas, las propias de un matrimonio que lleva ignorándose demasiado tiempo y en vez de amarse o de al menos soportarse prefiere hacerse daño.

—En eso se equivoca, me ha debido malinterpretar. Yo me creo inferior a todo el mundo.

—Permítame que lo dude, Nieves.

Cuando pronunció su nombre, ella volvió a sonreír. Pareció conmovida. Ese disparo sí que le había alcanzado. Viberti vio que se atusaba la media melena, cruzaba las piernas con una desenvoltura que no exhibió durante su visita al ayuntamiento, bebía otra ración de limonada pero más precipitadamente que la dosis anterior, como si ahora recurriera a ese ardid para preparar su respuesta. Ganaba tiempo. Punto para Viberti. Cuando recompuso el ánimo, tomó de nuevo la iniciativa, recurriendo a un truco también muy viejo que Viberti conocía: no responder directamente a lo que le requerían. Regatear la información, huir del sí o el no. Lo mismo que Mellado esa misma mañana.

—¿Usted conoce a mi marido?

—De vista.

—¿Y qué ve en él?

—Conociéndole solo de vista poco puedo decirle.

—No me responda así, Viberti. Usted estará entrenado en lo que le pido. No quiero un análisis en profundidad. Que qué le parece así, al primer golpe de vista.

Viberti midió su respuesta. Le parecía que llevaba ventaja en su esgrima verbal y no quería que ella le volviera a adelantar. Calculó bien sus palabras.

—Al primer golpe de vista, me parece un chulo, bastante listo aunque menos de lo que se cree. Un exhibicionista, un prepotente. Mal tipo para pelearse con él.

—Vaya. Menudo golpe de vista, Viberti. Lo ha clavado.

—Lleva en la cara lo que es. No hace falta ser muy observador. Claro que también sería un tipo capaz de enamorar a alguien como usted, y eso me hace pensar que no es lo que aparenta.

—Viberti, va usted demasiado lejos y demasiado rápido.

Ella lo dijo sonriendo y Viberti supo entonces que el ritual de seducción quedaba inaugurado. Seguía siendo la mosca atrapada, pero ahora la araña le prestaba alguna atención.

—Mi marido es lo que ve usted, pero antes era distinto —respondió.

—¿Distinto y peor?

Ella se volvió a reír.

—Es usted muy observador —dijo—. Y profético. Un visionario.

La charla se detuvo durante unos segundos. Viberti miraba hacia la nada, incómodo, dominado por una inquietud que prefirió no exteriorizar, porque tenía la creciente sensación de que estaba siendo sometido a un interrogatorio en unos términos para los cuales no estaba preparado. Ella liquidó su limonada, se pasó el canto de la mano por la comisura de los labios y se quedó igualmente pensativa. El tiempo se había detenido, un hechizo que rompió elevando la voz, que dirigía hacia un impreciso lugar situado detrás de Viberti, a quien fingía no dirigir sus palabras.

—Mucho peor, aunque también más atractivo —dijo por fin—. Llevaba en el pecho un cartel de peligro y a las mujeres como yo eso nos atrae mucho.

Nieves pronunció la frase con un suplemento de concentración que le llamó la atención a Viberti, como si ella temiera fracasar mientras hablaba en la pretensión de custodiar los recuerdos compartidos con su marido o tuviera miedo a traicionar su propia memoria, su antiguo yo.

—¿Sabe que soy famosa por mis camelias? —le preguntó de repente.

—Algo he oído, pero no le se tome a mal. No soy capaz de distinguir una camelia de una acelga.

Ella soltó una carcajada. «Me hace usted reír, Viberti, no lo hubiera sospechado», se confió. Y le señaló el camino hacia el jardincillo más cercano a la terraza, para que le acompañara. Caminaron juntos, uno al lado del otro, por un sendero que se bifurcaba a cada pocos metros, dominadas sus lindes en efecto por unos macizos de camelias seguramente deslumbrantes que a Viberti no le decían nada. Ella le explicaba con detalle las singularidades de cada flor, de cada variedad. Le relataba los cuidados que les procuraba, cómo atenderlas en cada estación del año, cómo alejarlas de la demasiada luz o del exceso de lluvia, cómo dosificaba el riego y gestionaba la poda. Viberti le escuchaba mirándole directamente a los ojos, una mirada que ella apartaba para concentrarse en las camelias y para no dejar que se cambiaran los papeles: era él quien debía sentirse intimidado, no al revés. Llegados a una zona umbría del jardín, indiferente del todo ya Viberti al entusiasmado relato de las camelias y sus maravillas, ella se detuvo a examinar desde ese rincón su casa, como si la viera por primera vez.

—¿Te puedo tutear, Viberti?

—Puedes y debes.

—Pues te voy a decir algo que siempre me he guardado para mí, a ver qué opinas.

—A ver.

—Que esta casa y yo nos parecemos. Y que por eso me gusta tanto estar aquí, sin salir apenas.

—¿Y en qué os parecéis?

—¿No lo adivinas? Las dos estamos retiradas, apartadas. Nadie nos presta atención. Y las dos sabemos que nuestros mejores años han pasado.

Viberti paladeó su respuesta. Sabía que cuando una conversación entre desconocidos ingresa en el ámbito de las confidencias, es porque algún secreto que alguien no quería divulgar estaba a punto de desvelarse. Y que por lo tanto el propósito de su visita se acercaba a su feliz resolución. Pero también supo entonces que ese propósito inicial no le interesaba ya tanto como el objetivo que se desprendía de ese paseo entre camelias, de ese abandono en sus pensamientos del que ella le participaba solo a él. Le estaba ofreciendo el acceso a su intimidad según un protocolo que Viberti conocía bien y que tendía a conducir hacia el dormitorio. Soplaba un viento molesto, un silbido que se sumaba al sonido de sus propios pasos sobre la gravilla.

—Y llevas razón.

—¿Llevo razón en qué?

Ahora estaban de nuevo ante la majestuosa escalera de Villa Madrid, muy cerca el uno de otro. Se miraban a los ojos como dos antiguos amantes que de repente se estuvieran reconociendo, como intentando localizar el perdido fulgor. Viberti tuvo esa sensación. La sensación de que la había conocido en otro tiempo y en otro lugar, como si su conciencia se desdoblara.

—Que sé dónde está mi marido. O al menos estoy casi segura.

Ella se acercó más y antes de besarle, le acarició el cuello con los labios y le susurró dos palabras:

—Residencia Helvética.

Viberti se sintió ridículo a la mañana siguiente. La mansión le venía grande y el albornoz que ella le había prestado, pequeño, pero todo eso le dio un poco lo mismo. El chismorreo de los miembros del servicio no le importaba y que fueran extramuros con habladurías al respecto de que hubiera pasado la noche en Villa Madrid le daba por supuesto igual. Ni siquiera sentía al respecto un temor vicario, por si el qué dirán alcanzaba a Nieves. Le había parecido el tipo de mujer que se conduce al margen de las tristes habladurías propias de la vida en la ciudad que ambos compartían, aunque en esferas tan independientes que solo un milagro, la desaparición ficticia de Ortuondo, había conseguido que se rozaran. Se tomó de un trago ardiendo el vaso de café con leche mezclado con cazalla que le sirvió la doncella y dedicó un rato a husmear por su alrededor.

También el exterior de la casa le venía grande. Las camelias le daban igual y el copioso arbolado despertaba en él una sensación amarga, como si en vez de seguir en la ciudad hubiera conquistado junto a sus convecinos una cuota de campo que no les pertenecía. Esos pensamientos encubrían la excusa para ir aplazando la auténtica cuestión que debía resolver. Qué pintaba él allí y qué hacía con ella. Nieves era una mujer en las antípodas de sus gustos. Lo sabía desde que se conocieron en el ayuntamiento y nada de lo que sucedió esa noche le había hecho cambiar de opinión, pero al mismo tiempo se confesaba que algo en ella le atraía. Su común misantropía, tal vez. Su propensión a dejarse llevar, a tolerar que la vida dictara su propio juicio. Esas afinidades que había observado cuando ingresó en Villa Madrid y le concedió a ella la atención que le había negado en su despacho. Esas dudas se mezclaban con otro enigma, más misterioso incluso. Qué hacía Nieves a su lado. Qué había visto en él. Fue la pregunta inaugural de la mañana, cuando percibió nada más despertarse que ella no estaba a su lado en la cama y la encontró en el balcón del dormitorio principal, haciendo crucigramas y fumando. Le tomó prestado un segundo el pitillo, se activó con la primera calada, aceptó el albornoz que le tendió y siempre sin hablarse, evitando toda tentación a la intimidad o la confidencia, se aseó y bajó a la terraza. Sin tener que pedirlo le ofrecieron el desayuno que acababa de liquidar. Sobre su cabeza notaba el humo del tabaco ascender hacia la azotea desde el balconcillo donde ella fumaba en silencio. Miró hacia el horizonte, se encogió de hombros y volvió al dormitorio. Esta vez cerró la puerta con llave.

El Viberti que salió de Villa Madrid un par de horas después era el Viberti que esperaba Verdú encontrar en el ayuntamiento, aunque de primera mañana. Era un Viberti dinámico, el que recordaba al frente del periódico. Tenía incluso buen aspecto. Se había medio afeitado y olía bien, a una rara fragancia. «Perfume de mujer», se dijo a sí mismo el alcalde, sorprendido. Le extrañaba también el aire decidido, impetuoso, con que Viberti había entrado en su despacho sin preguntar si estaba o si estaba solo o si estaba acompañado luego de saludar a Violeta.

—Paleto.

—Desagradecida.

—Cenutrio.

—Locatis.

—Apueblado.

—Culo gordo.

A Verdú no le insultó pero también le lanzó un disparo seco, sin concesiones.

—¿Has oído hablar de la segunda residencia? —le preguntó.

—Sí, claro. Es el concepto de moda, al menos por aquí. De donde yo vengo es casi una enfermedad. Una epidemia.

—¿Y te parece que engendra un sentido de rebelión contra el orden establecido? Estuve ayer con Mellado y me soltó la frasecita. Me quería convencer de que comprar un piso en la playa equivale hoy a asaltar el palacio de los zares.

—Yo más bien pienso lo contrario. El comprador tipo es un ser pacífico, casi bovino. Nuestros votantes.

—Eso opino yo también, pero lo que me dijo Mellado me hizo pensar. ¿Y si estamos asistiendo a una revolución silenciosa sin enterarnos?

—Viberti, querido. La revolución ya se ha producido hace años y desde luego sin enterarnos. Eso que dice Mellado son más bien sus efectos, que a ti y a mí no nos alcanzan porque nos hemos pasado al otro lado.

—¿Qué lado?

—El incorrecto.

A Viberti le hizo gracia el comentario. Soltó un ja, el monosílabo que a Verdú le terminó de confirmar que algo se cocía en la cabecita de su jefe de prensa. Le puso un trago del carrito de las bebidas, se sentaron a beber en silencio en el sofá bajo y finalmente le invitó a que se explicara. Como respuesta, Viberti le lanzó una pregunta.

—¿Conoces un sitio llamado Sitges? Está al lado de Barcelona, al borde del mar. Un sitio de veraneo.

—De veraneo para ricachones.

—Eso era hasta ahora. Ha entrado Ortuondo en acción y tiene sus propias ideas.

—¿Es que está en Sitges? ¿Ha aparecido?

—Yo diría que sí, pero no tengo absoluta confirmación. Por eso venía a verte. Dame tu permiso para mandar a una pareja de exploradores y te lo confirmo esta misma noche.

—Permiso concedido. ¿Goñi?

—Y Dámaso.

—De acuerdo.

—Por cierto.

—Dime.

—¿Tenemos que hablar tú y yo? ¿Tienes algo que decirme?

—Todavía no.

Viberti apuró el lingotazo, salió como en trance del despacho, buscó a Probo por el ayuntamiento y entre los dos localizaron a Goñi en la cafetería. A una señal, salió al vestíbulo para atender las instrucciones de Viberti, que incluían proveerse de un mapa de carreteras, ejercer de copiloto de Dámaso y llamar por teléfono a Verdú esa misma noche para dar el parte de novedades, en cuanto llegaran a su destino.

—A cobro revertido, ¿verdad?

—Por supuesto. Aunque terminarás de arruinar al Ayuntamiento, Goñi. Un par de cosas más.

—Tú dirás, hijo.

—Manda a la librería Vives que me traigan aquí recado con un lote de novelitas de las que le gustan a Canario.

—¿Lote generoso?

—Generoso. Muy generoso. Que ya pasaré a pagar.

—¿Marcial Lafuente Estefanía?

—Y Lou Carrigan y algo de Silver Kane también.

—Estás que lo tiras, Viberti. ¿Y lo otro?

—Sencillo. Háblame de Irízar.

—¿Mi yerno?

—Tu exyerno.

—Yo lo sigo queriendo igual que cuando estaba casado con mi hija, es decir, nada. Pero dime qué quieres saber.

—Si es de fiar.

—Para sí mismo, no. Si hay mujeres de por medio, mucho menos. Pero para la cosa de dar su palabra y apañar negocios, es de confianza, valga la redundancia. ¿Quieres algo de él?

—Consejo. ¿Dónde se le puede encontrar ahora?

Goñi miró su reloj, luego dirigió la vista al techo como buscando inspiración y calculó que Viberti podría localizar a Irízar en un arrabal de las afueras donde llevaba un par de días peritando un solar.

—¿Para Ortuondo?

—Para Ortuondo, hijo, para quién va a ser. Eso lo sabe hasta el que asó la panceta.

Viberti no contestó. Le conminó a Goñi a llamar a Verdú en cuanto llegaran a su destino y le dieran las novedades. Estaba en combustión, él mismo se lo notó. Para calmar los nervios, porque el día venía largo, pasó a saludar a Aráez de camino al solar donde esperaba encontrar a Irízar, le sometió a un interrogatorio a cuenta de Nieves, le participó algo de sus sospechas y siguió su camino. Cuando llegó a los dominios de Irízar, a quien encontró recostado en el coche mientras sus operarios medían el solar y examinaban sus alrededores, reconoció que en él crepitaba una versión revivida de aquel desaparecido Viberti que se extravió cuando dejó el periódico.

Fue una sensación agradable. El encuentro con el comisario le había permitido desengrasar los mecanismos de pregunta y respuesta de los que se valía para alcanzar sus objetivos como periodista. Un buen entrenamiento para la charla que le aguardaba con Irízar, a quien hizo esperar unos segundos. Fue el tiempo que destinó a espiar por el contorno. La ciudad se expandía hacia esta fracción de terrenos lindantes con la nada. Había dejado incluso atrás el chalecito donde vivía el Reventa con su señora, sus compinches en una de sus más celebradas aventuras cuando ejercía de reportero metomentodo, para desembocar en el puro extrarradio, donde nada se le había perdido. Pensó si la posibilidad de edificar en este vacío absoluto que le rodeaba tenía alguna relación con el brote de ciudadanos sublevados que Mellado detectaba entre sus potenciales clientes de segundas residencias. Si los futuros compradores de estos pisos de las afueras aún pendientes de construirse formaban parte de su legión de votantes, como sugería Verdú. Contribuyentes desarmados y desnortados. Confundidos como sus gobernantes ante la nueva realidad que avanzaba, un misterioso futuro que no se dignaba a dar señales de por dónde iría el viento de la historia. Ese trabajo, anticipar el porvenir para ponerse a cubierto si pintaban bastos, era cosa de los Verdú, Viberti y compañía. Los osados, los del lado incorrecto. Los que nada tenían que perder porque no venían de ningún lugar. Los Goñi, los Simarro. Aventureros que no sabían que lo eran y habían estado esperando su oportunidad también sin saberlo. El destino les había puesto en una encrucijada. Viberti sostenía que eligiera lo que eligiera, las cosas saldrían mal. Y por esa misma razón aumentaba su fe en sí mismo, la escasa fe en sus fuerzas que le restaba. Era un argumento imbatible, el combustible de esa revolución que el alcalde sentenciaba que ya se había producido, pero que no terminaba de ejecutarse. El conato de rebelión que Viberti estaba dispuesto a engendrar por la vía de alistar para su causa a quienes se encontraran en su camino y fueran como él. Igual de insensatos. Por ejemplo, Irízar.

Viberti probó suerte y la tuvo. Dotado del suplemento de seguridad en sus fuerzas que tanto echaba en falta, encaminó sus pasos hacia el asilo donde Canario estaba interno, pensando que su cometido como hombre de confianza del alcalde equivalía a tirar los dados. Mensajes lanzados en una botella y confiados al azar, conversaciones semiciegas, pletóricas de sobreentendidos, donde la distancia más corta entre dos puntos (lo que quería saber, lo que le ocultaban) era una curva inacabable. Cada interlocutor le proporcionaba la pieza del rompecabezas que armaba en su cabeza, con la esperanza de que Canario terminara de cuadrar las cuentas. Lo vio sentado en su silla de ruedas bajo el aparatoso cedro, dando palique a otro interno que resultó ser el chaval que tocaba rancheras, a quien saludó con un gesto que era también una invitación para que se marchara y les dejara solos. Le acercó a Canario el mazo con las novelitas y se apoltronó a su lado, estirando mucho las piernas y estirando también los brazos.

—¿Qué, hay sueño, Viberti? Tengo entendido que has dormido mal. O que has dormido poco.

Viberti estaba preparado. Sospechaba que para esa hora los rumores de su estancia nocturna en Villa Madrid menudearían por toda la ciudad, porque Nieves tenía a su servicio al suficiente número de personal como para que por pura estadística alguien se hubiera ido de la lengua. Le confundió sin embargo que los cotilleos hubieran llegado hasta Canario, lo cual también le pareció estupendo. Tan estupendo que amagó con una sonrisa.

—Te veo en forma, Canario. Nada humano te es ajeno.

—Se hace lo que se puede, Viberti. Aquí tengo poco entretenimiento. Si no fueran por lo que chismorrean las visitas, un aburrimiento insoportable.

—Y eso que tienes tus propias novelitas.

—Son mejores las de carne y hueso, Viberti, aunque muchas gracias. Te veo rumboso.

—No te alegres tanto. Es que necesito de ti más que otras veces.

—Lo dudo.

—¿Lo dudas?

—Lo dudo porque cuando te he visto entrar he reconocido al viejo Viberti, el que solo me necesitaba para que le confirmase lo que ya sabía. Y que me traigas todas esas novelas de regalo sin yo pedirlas me juego el pescuezo que obedece a otras razones.

—Pues sí que estás en forma. ¿Y qué razones son esas, si puede saberse?

—Que te largas. Que te marchas con la dama gris y nos dejas aquí solos. A mí el primero.

Viberti respondió como debía: sin responder. En silencio. Sostuvo la mirada un rato y dejó que fuera Canario quien tomara la iniciativa.

—Sigo sabiendo sumar dos y dos, Viberti. Y cuando me han contado dónde has pasado la noche, que te han visto irrumpir en el ayuntamiento con la mirada esa que gastabas cuando te lanzabas a por una primicia y que luego te has reunido con Goñi, me he imaginado que te ponías otra vez en movimiento.

—¿Y sacas de ahí que me voy a largar?

—De ahí y de que luego Goñi se ha marchado a no sé dónde con Dámaso al volante, que te has visto con Aráez y también con Irízar... Muchas pistas. He pasado el día la mar de entretenido hasta que he llegado a la única conclusión posible. Que tu media naranja está haciendo las maletas.

—Se llama Nieves.

Viberti pronunció muy serio esta última frase. Tan serio que obligó a que Canario se le quedara observando como si le hiciera una radiografía, calibrando si Viberti estaba de verdad enamorado o tal vez enfermo. Hubiera preferido esa segunda alternativa, le confesó.

—Perdona. pero no os veo en plan tortolitos a vuestra edad —le dijo—. Y otro par de cosas que te quiero decir.

—A ver.

—Su marido es un bicho. Desearía que se muriera en el infierno. Abrasado. Que se muriera sufriendo. ¿Eso me convierte en mala persona?

—No, eso te convierte en humano. Que falta te estaba haciendo. ¿Y lo otro?

—Que ella es una mala pécora. Harás con ella lo que te dé la gana, pero no podrás decirme que no ibas avisado. Otro bicho.

—Ideal para mí, entonces.

—Discrepo. Con el Viberti que yo he tratado estos años ella no va a congeniar nunca porque tú sí que tienes remordimientos. Pocos pero los tienes. Ella solo mira hacia adelante, no como tú.

—Es que he cambiado, Canario, que la vida da muchas vueltas.

—Muchas. Un giro de 360 lados, que diría Goñi. Una vuelta completa para regresar al mismo sitio.

Viberti soltó una carcajada y Canario le imitó. Después le fue contando punto por punto lo que sabía al respecto de la desaparición de Ortuondo. Le corroboró la versión de Irízar, según la cual disponía de financiación suficiente para terminar el nuevo ayuntamiento en cuanto volviera. También hizo suyas las palabras de Aráez, quien mantenía la sospecha de que Ortuondo se había largado, pero solo hasta que las cosas por Villa Madrid se calmaran.

Había puesto tierra de por medio del brazo de su nueva conquista, como bien sabía su mujer.

—A esa no se le escapa una, Viberti —le confió Canario—. De hecho, sospecho que todo esto lo ha preparado ella solita, para que te fíes.

—En el hipotético caso de que lo que me cuentas sea verdad.

—Porque es verdad, Viberti querido, pero es que andas atolondrado y no te enteras. No sé qué pócima te administran en Villa Madrid que no te das cuenta de nada. Te noto anestesiado.

—El veneno del amor.

—Eso será. Y también que eres un poco pánfilo o que te has vuelto lele. Eres su nueva camelia, nada más. Su nueva adquisición, su capricho. Para que lo sepas, yo creo que tu palomita organizó un plan que ni Napoleón. Y ya tiene lo que quería o incluso más, porque te tiene a ti comiendo en la palma de su mano y no creo que esto entrara en sus cálculos.

—Sus cálculos.

—Sus cálculos, Viberti. Ahora te cuento.

La historia que le compartió Canario dejó a Viberti más bien frío, aunque tuvo que reconocerse a sí mismo que desvelaba una faceta de Nieves que le había pasado desapercibida. Le parecía una sentimental recubierta por una doble capa de acero, pero del retrato que estaba escuchando se desprendía una mujer tan cerebral y desapasionada que Viberti se volvió a hacer la pregunta que le inquietaba por la mañana: qué esperaba ella de él. Como si le leyera el pensamiento, Canario le sacó de su ensimismamiento: «Ya te he dicho que tú eres su último juguete y no creo que le dé gran valor, porque no le ha costado caro». Esta última frase la pronunció ya con música de fondo. Desde el interior del asilo salía el sonido de una guitarra y una voz atacando una ranchera que Viberti conocía bien porque había sido parte de su banda sonora unos cuantos años antes, cuando las letras de ciertas canciones todavía le perturbaban. Ahora solo le traían un recuerdo remoto de cuando la vida estaba por delante y nunca se pudo imaginar vestido con un minialbornoz de mujer y atendido por una doncella con cofia. Canario seguía hablando, pero como Viberti ya se imaginaba lo que le iba a contar no le atendía demasiado. Sí le hizo gracia la estratagema que siguió Nieves para cazar a su marido con su nueva conquista: «Le dijo que se iba con unas amigas al cine, pero en cuanto salió por la puerta se quedó esperando en la acera de enfrente. El resto te lo puedes imaginar».

—Pillado con las manos en la mesa, que diría Goñi.

—Y lo que no son las manos.

—¿Y lo de denunciar la desaparición?

—La guinda, Viberti. Para ponerle en ridículo. Seguro que en un rato Goñi y Dámaso dan con él donde quiera que sea que les hayas mandado y se monta una buena.

—A Ortuondo no le importan los escándalos.

—Aquí no Viberti, pero fuera de aquí no se los puede permitir. Sabrán quién es de verdad, su auténtica catadura, y le negarán lo que nosotros le regalamos, la impunidad absoluta. Eso si Aráez no ha mandado una patrulla a localizarlo y dado antes con él.

—Estoy seguro de que la policía ha llegado antes que Goñi y Dámaso, Canario. Así que escándalo por partida doble.

—Lo que te estaba diciendo, Romeo. Tu Julieta de idiota no tiene nada. Se queda con Villa Madrid, los depósitos del banco y lo que no está escrito. Y en cuanto llegue el divorcio, que está al caer, le saca hasta la última perra gorda.

—Otra vez con esa murga. ¿Pero es que va a llegar el divorcio?

—Llegará, Viberti, y ya estaremos todos libres para hacer lo que nos dé la gana. Menudo asco. Qué pereza.

A Viberti le llamó la atención lo de perra gorda, una expresión en desuso por la que Canario profesaba la misma fe que hacia otras reliquias del pasado inmediato. Le había pedido que le condujera hacia el interior porque quería escuchar al interno con sus rancheras cuando vio entre el público a Ponce, inquieto, mirando el reloj cada segundo, haciendo incluso el gesto de llevárselo al oído temiendo que no funcionara. La velada acababa de empezar y ya se le estaba haciendo larga.

—Toca timba, Canario —le dijo tocándole el codo.

—Cada vez juegan más duro además, Viberti. Se les está yendo de las manos. Y a veces se trae al hijo, no te lo pierdas.

—¿Al hijo?

—La mosquita muerta que no era tal. Un pieza de mucho cuidado, no lo reconocerías. Ya no es el tirillas ese que rescataste. Se largó de casa pero no duró mucho. Volvió pronto porque Ponce, como adivinarás, es Ponce incluso para los suyos. No me digas cómo, pero lo engatusó. Ahora aparece por aquí con un cochazo, siempre colgado del brazo de alguna damisela con pinta de tener mucha mili, y además ha echado tripa. Igual de fondón que su padre, pero con treinta años menos, aunque pronto lo atrapará. Y se ha echado mariconera, como el padre.

—Lo que me faltaba.

—Sí, yo también las odio. Pero calla un segundo.

Canario se había llevado el dedo índice a los labios, cuando reparó que Ponce se fijaba en ellos. Viberti pensó si supondría que estaban hablando de él y apartó la mirada para confirmárselo, en la esperanza vana de hacerle sufrir. Vana porque Ponce se dio la vuelta y retomó su posición envanecido, como era su norma. Que murmurasen a sus espaldas era para él seguramente la señal definitiva de que el antiguo Ponce había regresado de la clandestinidad social. Era el Ponce que no se esforzaba en aparentar el gusano que era. El que prefería que toda la ciudad supiera que, como siempre, estaba dispuesto a todo. Incluso a hacerse rojo. «La Llorona, Viberti», le susurró de repente Canario. «¿Te acuerdas de la canción, verdad?», le preguntó mientras la tarareaba. «El que no sabe de amores, no sabe lo que es martirio». Y mientras, miraba a Viberti, intentando descubrir si la letra le seguía afectando, si veía en ella no solo el recuerdo de cuanto le perseguía y atormentaba, sino también el presagio que le que quería trasladar. El feo mañana que aguardaba al día siguiente.

Pero Viberti no se alteró. También tarareó la canción pero para sus adentros, procurando sin éxito descubrir entre sus estrofas si existía, como Canario aventuraba, alguna pista que despejara su porvenir. Decidió mientras la ranchera llegaba a su clímax que si como sostenía Verdú este era el tiempo de los intrépidos, aceptaría sumiso la venda que Nieves le ponía en los ojos cuando le besaba alrededor del cuello y le animaba a saltar al vacío. Decidió que había dejado de vivir con miedo.

Viberti siempre sospechó que terminarían por localizarle, pero se tuvo que confesar a sí mismo que la escena que veían sus adormilados ojos no entraba dentro de sus planes. Desayunaba como solía el primer americano del día, con su correspondiente lingotazo, en la mesita del patio delantero, oculto de las miradas de los viandantes por un doble parapeto: la hilera de coches aparcados delante del chalecito servía como primera fortificación disuasoria para evitar el escrutinio ajeno, limitado a esa hora a los escasos peatones que cruzaban por la acera ante su puerta, camino de la playa. La segunda trinchera estaba formada por el jardín que corría en paralelo al paseo marítimo, bien dotado de palmeras y otras especies florales de diverso tamaño y variada fisonomía, una suerte de selva urbana muy útil para que los ocupantes de los venerables chalés pasaran desapercibidos y el bullicio de bañistas, turistas y domingueros se alzara ante el vecindario como un incierto murmullo, un rumor que se confundía con el propio del mar y el batir de las olas contra la arena, que no importunaba sus rutinas y los ponía a salvo de la afluencia masiva de curiosos por esa pequeña joya del Mediterráneo que estaba a punto de ponerse de moda para espanto de la población habitual, así los indígenas como los veraneantes de toda la vida, quienes temían verse conquistados por la peor cepa de las enfermedades modernas: la vulgaridad.

El grupito descendió de un R-8 que había conocido mejores tiempos, dominados sus ocupantes según le pareció a Viberti por una común mirada incrédula. Como si se preguntaran qué pintaban allí ellos y qué pintaba Viberti, a quien la composición de aquel equipo de rescate le sorprendió. Esperaba a Simarro, tal vez a Violeta, pero la presencia de Honorio le llamó la atención, la de Lico le inquietó y la de Clarés le desarmó.

¿Clarés? Pensó que solo faltaba Canario, mientras los seguía a todos con la mirada, desconcertados en presencia de un sol arrebatador, la belleza del mar rompiendo contra las coquetas calitas, el resplandor del Mediterráneo percutiendo contra el azul del cielo y los veladores del Chiringuito preparándose para otro día de combate. El grupito le hizo gracia a Viberti, que mantenía la costumbre de madrugar, prepararse para sí solo el magro desayuno y disfrutar de esa rara intimidad que el resto del día iría desmintiendo, aprovechando que ella se despertaba casi a la hora de comer porque dormía por la mañana en vez de hacerlo por la noche, esas madrugadas insomnes que dedicaba a hacer crucigramas y mirar por la ventana cómo rompían las olas y a tolerar que el nocturnal aroma del mar penetrara en la casa, festoneada la línea del horizonte por las luces de los pesqueros que faenaban a esa hora, iluminados tantas veces por una solemne luna que también arrojaba su luz hacia las estancias de la Residencia Helvética, el aparatoso chalé donde vivían.

—¿Por qué se llama así? —le preguntó Viberti el primer día en que entró por allí.

—Ni idea. La compró mi marido con ese rótulo y así se quedó. A él le gustaba y era una de las pocas en que coincidíamos. Tiene misterio el nombrecito, ¿no te parece?

—Me lo parece. Suena a una historia de espías.

La casa contaba con planta baja y dos pisos. Estaba construida como un chalecito alpino, con su tejado bicolor en dos aguas, incluyendo la balconada de madera que recorría el primer piso, donde estaban las habitaciones. En el segundo, abuhardillado, Viberti encontró un amplísimo desván, una pequeña alcoba y cuartos cerrados con llave en cuyo interior evitó ingresar. Ellos hacían la vida entre la planta baja y el patio, que contaba con una mesita de jardín, un par de oxidadas sillas también de hierro y una pareja de tumbonas de desgastada lona. Dentro disponían de la cocina que apenas usaban, porque solían comer fuera o se traían la comida de algún restaurante: se alimentaban como pajarillos los dos. Y junto a la cocina, la mesa de comedor y al fondo el salón, empotrado en aquel asfixiante espacio que se iba oscureciendo a medida que llegaba hacia la pared del final, lindante con otro patio trasero al que nunca salían y estaba por lo tanto un punto asilvestrado, ganado por las malas hierbas, utensilios abandonados, cajas de madera a punto de desbordarse porque su cargamento (enseres de todo tipo, la mayoría inservibles) amenazaba con precipitarse al suelo de seca tierra. Una carretilla herrumbrosa servía como mudo homenaje a los buenos tiempos, si los hubo.

En una esquina de la planta baja, cobijado por un chinero con la vajilla buena y el aparato con ruedas donde dormía el televisor que llevaba años sin ser encendido, Viberti disponía de un jergón que era donde acababa durmiendo, porque como Nieves tenía su propio horario habían alcanzado un pacto tácito consistente en que ninguno molestara demasiado al otro. Una forma de convivencia que más o menos funcionaba y cuyo primer sacrificado era aquel sentimiento original de simpatía, de mutua curiosidad, que sintieron el uno por el otro cuando se conocieron, un cosquilleo que Viberti siempre se resistió a llamar amor o cualquier otra palabra semejante (incluso cariño le parecía exagerada) y que se había visto sustituido por otro sentimiento difícil de precisar, inclasificable. Se limitaban a hacerse compañía mediante el procedimiento de evitarse y de renunciar a dirigirse la palabra si podían evitarlo, moverse cada cual alrededor de su propia órbita y prescindir por lo tanto de cualquier tentación a la confidencia que pudiera convertirse en la antesala de un conflicto que ninguno deseaba y ambos detestaban. Así pasaban los días, de acuerdo con el principio que había inaugurado su relación: «Lo mejor de vivir en pareja es la soledad», sentenció ella. Y Viberti le dio la razón.

Su rutina consistía en consecuencia en organizar sus días por capítulos. La primera fase estaba a punto de concluir esa mañana para Viberti justo cuando aparecieron sus rescatadores: un detenido desayuno regado por una generosa mano de alcohol que le ayudaba a despejarse, unos cuantos pitillos que fumaba despacio y la contemplación extática del mar, el paseo marítimo y demás aledaños. La segunda fase le llevaba una caminata de apenas unos minutos, hasta la tertulia del Roy, un cafetín incrustado en la ciudad antigua que disponía de dos formatos: bien sobre una tarima exterior, alzadas las mesas con sus mesitas en un lateral de la calle, o bien la versión que Viberti prefería, la tertulia interior, resguardados los veladores por las paredes decoradas con fotografías del antiguo esplendor de su pasado al que no renunciaba el Roy, la discreta chimenea en una de las estancias más recoletas, aquel pequeño laberinto de salitas conectadas entre sí que disponían de un peluche en banco corrido muy apropiado para la cháchara distraída que era la favorita de Viberti y los demás contertulios. Lo trascendente estaba vetado. En sus charlas, cada cual comentaba cómo transcurrían sus días, poniendo el énfasis en aquellos aspectos de su vida cotidiana que pudieran interesar más al resto, de acuerdo con unas pautas que incluían largos paseos de cada cual por su respectiva memoria para refrescar solo los recuerdos que pudieran compartir con los demás indómitos clientes del café.

También les hermanaba una similar predisposición por el silencio y a Viberti le encantaban esos momentos en que la conversación cesaba de repente y todos mudos miraban hacia la calle para ver a los demás mortales atrapados en sus cuitas, los que trabajaban (repartidores, algún policía, el cartero) y los que caminaban ociosos, de vacaciones. Era muy llamativa la presencia de una elevada masa de vecindario foráneo, extranjeros. La mayoría, llegados según tenía observado Viberti de Centroeuropa, disponían incluso de bares regentados por algunos de ellos donde podían seguir hablando en su idioma de origen y evitar el local, que les trababa la lengua. Muchos de ellos eran homosexuales, sobre todo varones, que habían encontrado en ese rincón de España un espacio más propicio para la tolerancia por razones que a Viberti se le escapaban y ninguno de sus compañeros de tertulia supo explicarle: «Aquí siempre hemos sido así», le informó el farmacéutico. Y con esa explicación, que no le acaba de satisfacer, se tuvo que conformar Viberti, a quien por otro lado le daba igual la orientación sexual de sus congéneres. «Soy un firme partidario de la felicidad en cualquiera de sus manifestaciones», acostumbraba a participar a los habituales del Roy cuando veían a alguna parejita formada por aquellos extranjeros (o nacionales, los menos) haciéndose carantoñas por la calle. Y todos se encogían de hombros y volvían entonces a su ocupación favorita: mirar en silencio hacia la calle.

Hacia la hora del aperitivo se inauguraba el tercer episodio del día. Nieves se levantaba, iba hasta el Roy a buscarle, se tomaban juntos un bíter y paseaban sin dirigirse la palabra de vuelta a casa. Eran largos paseos, sin ruta fija. Alguna mañana se decantaban por el paseo marítimo, otras veces por el interior del pueblo, las calles en torno a la iglesia, el caminito hacia el cementerio luego de dejar a su espalda la otra playa, la de San Sebastián. De regreso a la Residencia Helvética comían algo de camino o se llevaban a casa un pollo *a 'last* que se zampaban en el patio y les podía durar una semana, recalentado día tras día hasta asegurarse de que perdiera todo su sabor. Cuarta fase, la siesta. Generosa en el caso de Viberti, una leve cabezada en el de ella, que en cuanto se despertaba se ponía de nuevo a hacer crucigramas o sopas de letras esperando que Viberti se levantara de su piltra y con la cabeza despejada le acompañara hasta el Chiringuito, donde veían anochecer abrevando unos días cervezas, otros días licores destilados o tal vez alguna botella de vino. También era posible que fueran mezclando sin orden aquellos bebedizos hasta que un reloj interior decretaba la hora de volver a casa, ella a sus pasatiempos, Viberti a la contemplación despreocupada del paisaje nocturno desde la balconada del primer piso, de donde descendía a medianoche hacia el jergón un poco beodo o amodorrado y así un día tras otro, confundidos los laborables con los festivos. Sin grandes necesidades económicas que ella satisfacía siguiendo otra de esas normas jamás explicitadas entre ellos que formaban su código de convivencia desde que Viberti desertó de sus obligaciones en el ayuntamiento, abandonó su vida anterior, dejó atrás una ciudad que le asfixiaba («Me ahoga, pero no me aprieta», le telefoneó a Verdú para justificar su huida) y huyó de la compañía cómplice de sus amigos, que tan bien le querían a pesar de sí mismo, para entregarse a su última afición, esa obsesión reciente: buscar desaparecidos. Con la curiosidad, hija del azar, de que en esta ocasión quien había desaparecido y a quien debía localizar era al viejo Viberti, camuflado en el interior del actual, quien consagraba su nueva vida a tratar de encontrarse, aunque sin ningún éxito. Sospechando que si alguna vez daba con quien una vez fue, ese descubrimiento no iba a gustarle.

Viberti optó por jugar durante un rato a ver sin ser visto. Se había dejado barba y a menudo se tocaba con un borsalino para pasear por la orilla del mar. Un par de gafas de sol garantizó un atuendo muy apropiado para seguir al grupito sin que sus integrantes se enteraran. Los vigiló de lejos, ellos por la acera del paseo marítimo, él por la otra, donde se levantaban las edificaciones que daban prestigio y fama al lugar. Apartamentos, los menos. Ahí se notaba el buen olfato de Ortuondo cuando pretendía llegar con su criatura (el invento de la segunda residencia) antes que la competencia. Dominaba el paisaje urbano una curiosa selección de chalés y hotelitos, reservados para el negocio del hospedaje unos cuantos de ellos, pero propiedades privadas la mayoría, para que se solazasen sus dueños desde que descubrieron lo que ahora otros conciudadanos (la perruna masa de votantes de Verdú) estaban empezando a percibir. La posibilidad de una nueva vida en bañador, encadenada a una hipoteca. El edén de la clase media.

Ese hubiera sido el destino de la mansión conocida como Residencia Helvética si no se hubiera interpuesto Nieves en los planes de su marido, a quien estrujó los bolsillos con una clase de exagerada saña que a Viberti asustó porque pensó que así acabaría también su relación, en el paredón donde ella le fusilaría sin miramientos. Como carecía del capital de Ortuondo, fantaseaba a veces con qué tipo de peaje exigiría ella para dejarle marchar indemne y no se le ocurría nada que pudiera ofrecerle y a Nieves le pudiera satisfacer. «Le prometeré que siempre hablaré bien de ella», se decía Viberti a sí mismo cuando regresaba de esas ensoñaciones. Algo le decía que, como pago, esa promesa no sería bastante, porque se le había metido en la cabeza una imagen de una película que vio de crío y le impresionaba aún, sobre todo porque encontraba un raro paralelismo con sus presentes días. Un muerto, flotando en una piscina, contando al espectador la historia de su vida. El punto de vista de un cadáver. Lo que él era para Nieves, nunca para sí mismo. No era la única diferencia en sus mutuos hábitos, sus respectivas y anodinas rutinas, que se agigantaba en los últimos días. Al contrario que él, ella se resistía a aceptar el paso del tiempo, como le reprochaba en las contadas ocasiones en que se dirigían la palabra.

—¿Y tú no? ¿A ti no te afecta envejecer?

—No. Yo ya nací viejo.

—Pues yo lo que quisiera es estar buena todavía y que los tíos se dieran la vuelta para verme, como me pasaba antes. Y que me volvieran a silbar.

El grupito llegó hasta el límite del paseo, donde se alzaba el hotel llamado Terramar. Una mole con pinta de paquebote varado a la orilla del Mediterráneo, a cuyo alrededor florecían los chalés de mayor tronío. Mansiones ejecutadas por antiguos maestros de la arquitectura, rama modernista, que conferían al entorno la apariencia que sus moradores pretendían: territorio exclusivo. Vetado para el populacho. Todo por allí olía a dinero, como le gustaba comentarle a Nieves cuando rompían su silencio, recién llegados a su escondite: «Los que levantaron estos chalés ya comían filete todos los días». Y ella le respondía, según el código guasón que inventaron en aquellos primeros días de tenue idilio y que luego fueron olvidando: «Y sus abuelos ya se duchaban». La Residencia Helvética pertenecía a ese mismo linaje de inmuebles acrisolados, de apropiadas dimensiones para darles carrete a las habladurías de los lugareños y para que sus ocupantes alcanzaran ese grial propio de su clase: evitar la compañía de sus seres queridos durante todo el día, porque así de espaciosas eran las estancias y de anchos los corredores. A diferencia de las edificaciones alojadas en la otra punta del paseo marítimo, su nido se levantaba en la zona más pegada al caserío, un emplazamiento muy atractivo que obnubiló a Ortuondo cuando se enteró de que la familia propietaria ponía su casa a la venta y encontró en esas paredes el cebo que necesitaba para seducir a los incautos que creyeran que haciéndose con un piso con vistas al mar cumplían con el gesto de rebeldía respecto al sistema que la nueva coyuntura alentaba. Transformaría el chalé en apartamentos, mantendría el nombre original (idóneo a tenor de su apariencia suiza), pero le añadiría un guiño muy de su estilo: Residencia Helvética, el futuro a su alcance. A Ortuondo, y al oficinista Mellado, aquel eslogan les parecía el no va más de la audacia y la modernidad.

Sus planes se desbarataron para dicha de Nieves y Viberti, que encontraron en este apartado recodo del Mediterráneo, todavía no colonizado por el turismo de masas, el refugio apropiado para que la ciudad de donde venían les dejara en paz. Con tanto celo borraron sus huellas, que prendió entre sus antiguos convecinos la idea de que Viberti había de verdad desaparecido. Hubo incluso quien pensó en un suceso de tipo criminal, con la dama gris como ejecutora en plan mujer fatal y Viberti en su papel favorito, el de víctima propiciatoria. Algún rumor le llegó a Nieves, que compartió entre risas con Viberti la noticia. A ambos les divirtió la posibilidad de que el alcalde movilizara al equipo de rescate habitual, con Goñi al frente, pero pasados unos días dejaron de hacer chistes a propósito de su fuga y se dedicaron a lo que mejor sabían hacer. Ignorarse. A Viberti, sin embargo, la sombra de que Verdú y compañía estuvieran inquietos le taladraba de vez en cuando la parte de conciencia que le quedaba despierta y una tarde acudió al locutorio, esperó a que la mujer de la centralita le diera paso clavija mediante y cuando le indicó qué cabina le tocaba, vació el cargador ante el alcalde: «Deja de buscarnos». Luego le contó lo de que se ahogaba sin que nadie le apretara y pensó que asunto liquidado, pero no contaba con lo que estaba viendo ahora ante sus desconcertados ojos: que Verdú pondría a trabajar a quien fuera para localizar la llamada y mandar a toda la alineación titular (faltaban solo Goñi, Canario y Dámaso) en su busca y captura. Mientras, camuflado entre dos coches, él les observaba regresar al punto de partida. Decidió que no les haría el juego. Y que les haría sufrir.

Le intrigaba además qué querían de él. Por qué habían venido a localizarle en formación tan numerosa, qué pintaban Clarés y Lico por ejemplo. Los imaginó arrebullonados durante las largas horas de trayecto en el coche, que tampoco era tan grande, y afinando mientras no se dormían el plan que hubiera perpetrado Verdú antes de dar la salida a la expedición. ¿Querrían que volviera con ellos al ayuntamiento? ¿Le iban a convencer de que Nieves no era para él, de que dejara correr las cosas? ¿Les seducía la posibilidad de contemplar a un Viberti enamorado, que hubiera desalojado de su ser la vertiente más cínica y ahora se abandonara a las artes, buenas o malas, de la dama gris? ¿Creían de verdad que se podía haber convertido en la versión mediterránea, hedonista, feliz y luminosa del Viberti apesadumbrado que habían conocido? Eran preguntas que le martilleaban como si fueran su crucigrama particular, porque continuaba sin atinar con la respuesta mediada la mañana mientras se mantenía a resguardo.

Los vio detener la caminata en el Chiringuito para tomarse un granizado, reanudar la marcha hacia la otra playa, sortear la iglesia y los callejones adyacentes, con sus misteriosos pasadizos, y preguntar en algún colmado, en esta panadería o en aquella tienda de licores. Sin éxito, como pudo comprobar. La barba ayudaba, se dijo Viberti. De esas pesquisas salían a la calle más atolondrados de cómo habían llegado, un grupo de forasteros que operaban como peces fuera del agua en la calle que llamaban del Pecado (una nomenclatura que le chirriaba a Viberti), donde se comieron unos pollos en el restaurante Los Vikingos, para mojarse luego los pies en otro paseo que discurría por el mismo itinerario que el recorrido matinal aunque al borde del agua, con los pantalones arremangados los caballeros a la altura de las rodillas en plan paleto y Violeta subiéndose las faldas como una Venus de interior, recién llegada de la Meseta. En ningún momento parecieron percibir la presencia furtiva de Viberti espiándoles, o al menos eso pensó él. Los vio agruparse en un corro sobre la arena, discutir un rato, atender (eso parecía) las razones de Simarro, que llevaba la voz cantante, disolverse a continuación. Luego del conciliábulo, cada cual volvió al paseo con unas instrucciones distintas. Simarro, por ejemplo, se encargó de barrer de nuevo el frente marítimo, preguntando a los atónitos paseantes por Viberti, fracasando en cada contacto. Violeta se perdió en el horizonte, hacia el caserío, tal vez por las calles aledañas al Retiro, el cine al aire libre que en esos días de verano disparaba la venta de entradas. Lico se fue a patrullar por el Terramar y los chalés más suntuosos y Clarés enfiló hacia la iglesia. Honorio se quedó en el puente de mando. Eligió sentarse en un banco junto a la efigie en bronce de Chesterton (una escultura que fascinaba a Viberti por su misterio) y se limitaba a mirar de vez en cuando el reloj.

Viberti dedujo que el grupo había dado a sus miembros un margen de tiempo que Honorio controlaba desde su atalaya para ver si daban con él y se dijo que ya había tenido bastante pasatiempo. Regresó a la Residencia Helvética con la idea de echarse un rato en el jergón, pero cuando traspasó la puerta, se sorprendió por el ruido que notaba en su dormitorio, un ir y venir de cosas, pasos correteando inquietos. Los de ella. «¿Nieves trajinando a estas horas?». Decidió responderse a esa pregunta subiendo las escaleras y descubrió para su asombro que le estaba haciendo la maleta. «Te vas. Cuanto antes, mejor».

El Roy

Viberti prefería acudir al Roy en horario diurno. Por la noche, tenía anotado que el bar se transformaba en una mustia terminal de aburridos veraneantes, quienes liquidaban las ambrosías que les servía el dueño enhebrando por tandas el relato compartido de su experiencia desde que un día aterrizaron por allí atraídos por su fama como exquisito lugar de vacaciones y se hicieron con su guarida en función de sus posibilidades económicas. Hubo quien incluso pudo adquirir algún chalé todavía en venta por la zona del Vinyet, la más cara, y hubo quien tuvo que conformarse con un apartamento, bien en primera línea de playa, bien en los recovecos de la ciudad antigua. Y hubo incluso quien se resignó a buscar acomodo lejos del centro, aunque fuera relativamente lejos, porque el caserío tan compactado se recorría en unos minutos y desde algún apartado punto, como la estación de tren y sus alrededores, se llegaba al Cap de la Vila en un paseo muy agradable. Eran calles silenciosas, donde abundaban las mansiones abandonadas, que convivían con anodinos bloques de pisos para ser ocupados por habitantes autóctonos y de ocasión, en abigarrada mezcla. La misma mezcla que el Roy reclutaba para las tertulias nocturnas, en función de un código tácito que obligaba a que su clientela ocupara sus mesas por pares, matrimonios de toda la vida en su mayoría, con algún toque de color, una concesión a la modernidad: alguna pareja formada por un venerable caballero y su recién desposada mujercita se filtraba entre la parroquia conspicua, que agradecía su presencia en tanto garantizaba una fuente continua de cotilleos y servía además para mortificar al lado masculino, donde un ramalazo de envidia a la vista de la intolerable juventud que distinguía a esas damiselas proporcionaba munición para que sus esposas se divirtieran con su leve tormento.

Ese era el Roy que Viberti evitaba con éxito, porque sus hábitos nocturnos discurrían según otras rutinas y ese fue, sin embargo, el Roy donde desembarcó esa noche con su maleta, haciendo tiempo para tomar el tren que le llevaría de regreso a casa. Un trance que prefería evitar. Antes de subirse a su vagón, se dedicó a elucubrar entre otros posibles destinos, más cercanos, no porque temiera ser herido por las habladurías en su ciudad de origen o por las considerables dosis de sarcasmo que esperaba a su llegada, sino porque pensaba que una vez que había tomado la decisión de desaparecer, parecía pertinente insistir en esa misma idea y buscar entre la oferta que aguardaba en los carteles de la estación un nuevo rumbo para su vida, aunque fuera desparejado, ahora que por fin había dejado el miedo atrás.

En el Roy, Viberti se encontró esa noche con lo que esperaba y lo que no esperaba. Saludó con la cabeza a los miembros de la tertulia matinal que hacían doblete, también a los feligreses que apenas conocía de vista e hizo incluso un gesto galante con sus mujeres llevándose la mano al sombrero para propinarle un pellizco en el ala. Se dejó atender por su camarero de confianza, que ese día también doblaba turno (para su alivio: a Viberti no le hubiera gustado tener que confraternizar con desconocidos en ese momento crítico de su vida) y se sentó en su esquina favorita para escuchar las conversaciones ajenas y meditar sobre su futuro mientras el alcohol hacía su trabajo: era un paisaje confortable, magnífico, el tipo de escenario que esperaba, pero dotado esa noche de un elemento adicional que le perturbó. El Roy había programado la primera velada de su festival de habaneras y un grupo de cantantes, de blanco inmaculado, se distribuía cerca de la chimenea. Era un sexteto formado por señores de elevada edad, poseídos por una fe extraordinaria en las propiedades sanatorias de la música y no de cualquier música, sino de aquella variedad tan cara a las poblaciones marítimas del Mediterráneo, que se dejaban mecer por la memoria de los felices años en que el viaje a Cuba representaba para los naturales de la localidad su personal expedición a los Polos.

Pero el concierto le vino bien a Viberti. Le permitió distraerse de sus preocupaciones y darles el escaso valor que en realidad tenían. Se acabó lo que se daba, se decía, como se acabaron otros capítulos de su vida y se acabarían los que vendrían a partir de ese momento. Procuró prestar atención a la letra de cada canción, pero no identificó ninguna estrofa que mereciera la pena. Eran canciones muy previsibles, donde no detectaba ese punto de emoción que él reclamaba en el cancionero popular español. La armonía de las voces le pareció también igual de obvia, sin un quejido ni un lamento. Cantaban bien pero carecían de duende. Les faltaba la magia que Viberti exigía para dejarse arrullar por las melodías que sí impactaban en su corazón y le conducían muy lejos, lejos de sí mismo, cerca del Viberti que siempre quiso ser. Más sentimental, más proclive a entender las intenciones de un mundo que le rechazaba. Tan propenso a fundirse con las emociones que habitaban a su alrededor como sugería esa estrofa que, de repente, sí le conmovió. Preguntó a un vecino de mesa cómo se llamaba esa canción y este le respondió: «La gaviota». Y acabó repitiendo para sí ese párrafo luminoso, que encarnaba muy bien la clase de sentimientos que también había metido en la maleta que le acompañaba: «Cuando sola la veas, cerca de la quieta ola, dale el beso que le envío más ferviente. Dile que siento dulce melancolía, que en todo momento en ella pienso». Se dejó llevar por los acordes e incluso llegó a cerrar los ojos, un estado de hipnosis del que le rescató la reconocible voz de Simarro.

—¿Habaneras, Viberti?

Se tomó unos segundos para reconocerle y contestarle:

—Habaneras, Simarro. Para eso hemos quedado.

—Vamos, no me jodas. Para eso y para alguna cosa más. Haces bien en tener la maleta preparada. Te vienes con nosotros.

—¿Adónde, si puedo preguntar?

—A casa, desde luego. Allí te necesitamos más que aquí. El recreo se ha terminado.

—Creo que eso lo tengo que decidir yo.

—Crees mal. Lo hemos decidido por ti y no hay vuelta de ojo, como dice Goñi. Te vienes con nosotros.

Viberti detectó un tono más ceremonioso de lo habitual en las palabras de Simarro y decidió prestarle una atención adicional, meticulosa. Era un Simarro serio, con el semblante funcionarial que había adquirido recién entrado en el Ayuntamiento, pero todavía más circunspecto. Se fijó entonces que su comitiva lucía los mismos rostros de extremada introspección, exagerada. Violeta parecía incluso al borde de las lágrimas.

—¿Qué pasa, Simarro?

Simarro titubeó unos segundos, se aclaró la voz con una leve tos y acercó sus labios al oído de Viberti:

—Canario ha muerto.

Durante el viaje de vuelta, Viberti compartió departamento en el tren junto a Simarro, Lico y Clarés. Honorio, que era quien había puesto el coche, regresó con Violeta de copiloto y no le contestó cuando le preguntó que pintaban allí sus dos antiguos compañeros de redacción, de donde dedujo que había más gato encerrado que la súbita muerte de Canario, a quien creía recuperado de su ataque cerebral. Fue mirando por la ventanilla aprovechando la luna llena para saber si el paisaje que iban atravesando le decía algo o si ayudaba a modificar su mortificado estado de ánimo, la absoluta incomprensión de los accidentes que la vida ponía ante sí de manera desbordante, desatada. Pensó en sí mismo el día anterior, viendo corretear delante de su chalé al grupito que Verdú había enviado en su busca y calculó que habían pasado desde entonces mil años en vez de veinte horas. Y pensó sobre todo en la última charla con Canario, a quien observó más lúcido que de costumbre, con un raro olfato para desentrañar los líos en que Viberti andaba metido y de repente notó que se reía porque recordó lo que Goñi solía decir al respecto: «Este Canario tiene un sexo sentido o como se diga».

El respingo que dio sobresaltó a Simarro, que viajaba enfrente de él y también miraba por la ventanilla. Clarés y Lico seguían dormitando, presos de esa clase de duermevela tan asociada a los viajes nocturnos en tren, cuando la claridad del día aún no asoma del todo y las vidas parecen un poco en suspenso. Siempre le maravilló que durante estos trayectos por la Península, cruzando ante estaciones fantasmas y a través de una línea férrea que parecía no tener fin, mientras se agitaba la locomotora cada vez que tocaba curvear y el revisor asomaba la nariz por entre las cortinillas o irrumpía en el departamento para picar el billete, las vidas de los viajeros se agitaban entre sí y formaban un extraño ambiente propicio a la confidencia. No era su caso. Prefería preservar su intimidad ante los conocidos y exageraba ese hábito ante todo desconocido compañero de viaje,

pero tuvo que soportar durante sus travesías por la España del fe-
rrocarril al pesado que siente tanta necesidad de desahogarse que
vomita sus nimiedades ante un pasajero ocasional, porque sabe que
nunca más se volverán a ver y por lo tanto sus secretos seguirán
a salvo. En aquellos viajes era costumbre que el tren transportara
a un cura o una monja, quintos de permiso, viajantes de hilaturas
llegados de Cataluña y personajes de aire atrabiliario y pintoresca
vestimenta a quienes no dudaba en atribuir la comisión de un cri-
men o la propensión a cometerlo. Era un retablo donde se sentía a
gusto, la clase de sociedad que estaba a punto de desaparecer. La segunda residencia, concluyó, expediría para todos ellos el certificado
de defunción; abajo, la firma de Ortuondo, de cualquier Ortuondo.
Valdría también la de Mellado.

El alba escupía un amargo rocío cuando se apearon del tren y
fueron directamente al asilo; en la puerta esperaba, como le había
advertido Simarro, el sigiloso Goñi. De un coche aparcado ante la
entrada se bajó Dámaso, quien se acercó a Viberti para darle el pésame, trámite que le sorprendió. Goñi decidió imitarle y aprovechó
además para darle el parte. Habían echado a correr desde el Ayuntamiento cuando avisó una hermana del asilo, organizaron la expedición en su busca de acuerdo con el mandato del alcalde en cuanto el médico les confirmó que Canario pasaba a mejor vida (Goñi
empleó esa expresión) y se ocuparon de los quehaceres propios de
semejante coyuntura. Un poco de papeleo, una limosna generosa
para el asilo a cuenta de los ahorros de Canario (guardados bajo el
colchón: nunca se fio de los bancos) y de buena mañana todo estaba ya preparado para que, con Viberti recuperado, se procediera a
su funeral y entierro. Un protocolo que estaba a punto de activarse,
en cuanto desayunaran en la cantina y saludaran al páter, que hacía tiempo en la puerta fumándose una faria. Una de tantas cosas
que odiaba Viberti, al mismo nivel que el rito que debía seguir a
continuación. Dar él también el pésame, en este caso a las monjas. Hecho lo cual, marchó detrás de ellas hacia la capilla, donde

aguardaban ya Verdú, Honorio y Violeta. También Simarro, que le indicó con un gesto de la cabeza la presencia de otros deudos, más inesperados: un grupo formado, según sospecharon los dos, por los viejos radioaficionados, amigos del éter del difunto Canario.

Viberti los había contemplado ya unos minutos antes, cuando se jugaban a los chinos la consumición en la cantina, pero ahora, más de cerca, le impresionaron. No conocía a ninguno de ellos, así que supuso que no eran vecinos de la ciudad, sino que habían venido de fuera, circunstancia que le llamó la atención. Cuando pidió explicaciones a Simarro, le contestó que Canario había dejado todo muy bien programado para el caso de su fallecimiento. En un papelito tenía anotado los contactos de sus colegas radioescuchas y en una bolsa de plástico, sus humildes pertenencias. Pegado con celo, otro papelito pegado decía «Para Viberti».

—Te lo entregará luego la superiora —le informó Simarro.

—¿Y qué se supone que hay dentro?

—Ni idea.

Avanzaba la homilía en la ronca voz del oficiante, un trueno de sermón que dejó a todo el mundo indiferente según la pauta que Viberti tenía observada en otros funerales. Se fijó en el magro número de comulgantes, en el aire furtivo que caracterizaba a la mayor parte de la parroquia. Como estaba con Verdú en primera fila, junto a algunas hermanas reparadoras, le correspondió recibir el pésame, más y más pésames, los pésames que nunca esperó porque pensó que en alguna parte Canario tendría algún pariente, seres queridos que se acercarían en ese trance o los buitres de rigor que anidan en cada parentela para repartirse los improbables bienes del finado. Los más allegados a Canario fueron en realidad los radioaficionados, cuyo dolor y tristeza parecían sinceros. Uno de ellos, un energúmeno con el tipo de un jugador de baloncesto, le aferró la mano con especial intensidad. «Canario le quería a usted, señor Viberti». Reparó en que llevaba un tatuaje en la mano, entre el dedo pulgar y el índice de la mano derecha. «Amor de madre», leyó.

—Muchas gracias, aunque no sé su nombre.

—No hay de qué. Mi nombre es lo de menos. Todo el mundo me llama Malaguita.

El señor Malaguita enfiló con sus compañeros de aventuras la salida y Viberti aprovechó que se quedó a solas un minuto con Verdú y Simarro para entablar la conversación que había ido demorando durante el viaje en tren.

—O sea que me mandas a Lico y Clarés en la expedición para que ate yo los cabos —les espetó.

—Chico listo, Viberti. Pero no es el momento. Queda enterrar bien a Canario.

Viberti asintió a las palabras de Verdú y le acompañó hasta el breve camposanto alojado a la espalda del edificio central del asilo. Era también un camino de sirga que le hizo acordarse de Villa Madrid, Nieves, la Residencia Helvética... De sus elucubraciones le rescató de nuevo la voz jupiterina del páter. Pensó que tantas farias habían hecho bien su trabajo y ayudó a que sonaran convincentes las palabras en latín que musitó durante el responso. Luego, se animó y él mismo fue cantando en latín para sí la salve. No la había olvidado. Fue un momento desconcertante, porque el silencio también se rompió mediante unos acordes que tardó en situar y en identificar. Bajo la sombra de un ciprés, el interno jovencito que amenizaba las veladas después de la cena estaba atacando una ranchera. Había pedido previamente permiso para empuñar la guitarra, pero Viberti no se había percatado, como le explicaba Simarro: «Dice que era la favorita de Canario y que le tenía dicho que la cantara en su entierro». Viberti prestó entonces atención. Conocía bien la canción pero le extrañaba que fuera la elegida por Canario para despedirse del mundo. Pensaba que una canción entonada en esas circunstancias tan solemnes debía contener un mensaje de orden superior, que ayudara a explicar la personalidad del difunto, pero entre las estrofas que interpretaba el chaval no discernía qué les quería decir Canario desde el más allá. «Probablemente ya de mí te has olvidado y mientras tanto yo te seguiré esperando»: raro, desde luego. Y la siguiente estrofa, también difícil de interpretar: «Para que tú al volver no encuentres nada extraño y sea como ayer y nunca más dejarnos».

Cuando trasladó a Simarro su perplejidad, se llevó una sorpresa.

—Es el canto de alguien que está enamorado, Viberti, que no te enteras.

—¿Enamorado Canario?

—Enamorado, Viberti. ¿No me digas que lo descubres ahora? Enamorado de ti.

Viberti notó entonces una corriente de aire que le conmovió. Mientras procesaba esas tres palabras («Enamorado de ti») observó que las cortinas de los ventanales del asilo se movían. Una ráfaga que presagiaba tormenta. Sintió un escalofrío que le siguió haciendo compañía y no le abandonó hasta que la canción llegó al momento cumbre, mientras el guitarrista mascaba el párrafo más revelador («Por eso aún estoy en el lugar de siempre, en la misma ciudad y con la misma gente»), Viberti tuvo que contener las ganas de llorar. Otra cosa que odiaba con todo su corazón, como detestaba tantas cosas que sin embargo convivían con él, una tortura que era también un alivio, el contradictorio estado de ánimo que le ayudaba a ponerse en pie cada mañana y le acechaba hasta la hora de acostarse, cuando procuraba cerrar los ojos con la decencia más o menos intacta, dejaba que el sueño le invadiera y apartaba de su conciencia las calamidades del mundo.

LA BARBERÍA

Del asilo se fue con un manojo de llaves que abrían la barbería de Canario. Quiso ir solo, porque seguía aguantándose las ganas de llorar y si finalmente las lágrimas se precipitaban no quería testigos. Le había entristecido el examen de las muy escasas posesiones de Canario, contenidas en la bolsa de plástico de un supermercado. Lo que restaba de dinero, el pequeño botín hallado bajo el colchón, se quedó en el cepillo de la capilla. El mazo de novelitas fue a parar a la biblioteca del asilo, luego de superar el examen de la hermana encargada en su papel de censora. Y los demás recuerdos, depositados en el cubo de la basura. No valían para nada, salvo para Canario, que ya no los necesitaba. También sus ropas se quedaron en el asilo, para que los internos se las repartieran. El chico de la guitarra se pidió la gorrilla de bailarín de chotis que a ratos usaba el difunto y fin de la historia. Un manojo de llaves conteniendo toda una vida. Toda una vida enterrada en el bolsillo del pantalón de Viberti.

La barbería estaba tan envejecida y roñosa como la recordaba. «Aquí hay mierda del año que pidas», suspiró Viberti, mientras caía en la cuenta de que cuando aparecía por allí llegaba tan necesitado de novedades que no reparaba más que en Canario y en cuanto tuviera que decirle. Tal vez la barbería siempre estuvo así de sucia, aunque ahora se amontonaba la mugre, porque del ataque que había sufrido en la misma puerta cuando cerraba una tarde quedaban aún esparcidos en el suelo los restos de vendas, gasas y algún trozo de esparadrapo. Le pareció ver algunas motas de sangre sobre las baldosas, pero no fue lo peor que encontraron sus ojos. Reinaba la cochambre en cada esquina. Por debajo de la puerta se había filtrado a lo largo de tantos días de inactividad el polvo que dominaba ahora el escaso mobiliario. Papelitos de envolver pastillas de café con leche, otra de tantas cosas que detestaba, una hoja volandera con los resultados deportivos del fin de semana, el prospecto de un medicamento. También era sucio el olor, asqueroso incluso para alguien como Viberti acostumbrado a lidiar con el venenoso perfume del mundo. Olía a cerrado, pero no solo. Olía a algo más dañino, un olor que se le debió meter en los huesos a Canario y ahora amenazaba con traspasarlo a él, con invadirlo. Olía a viejo. A la clase de viejo en que Canario se hubiera convertido de no haber mediado la prematura muerte. Un viejo sin esperanza ni dicha. Un viejo consumido. Viberti recordó el olor de las habitaciones donde alguna vez acompañó a la policía a levantar un cuerpo que llevaba tiempo cadáver. Y ese cadáver al que él se disponía a hacerle su particular autopsia era el de Canario.

Dejó las llaves tiradas, puso casi en horizontal el sillón de barbero, le quitó el polvo con el pañuelo, se sentó como habituaba y se dispuso a mirar el techo buscando una inspiración que no llegó. Repasaba tantas horas compartidas, unas veces dándose conversación, otras tantas callados. Charlas constantes y fluidas, pero nunca demasiado largas. Un duelo de ironías mutuas, cuando asistía como espectador único al recitado de las andanzas de Canario antes de acabar como barbero en una ciudad que nunca le quiso, y a la que aplicó el mismo tratamiento. ¿Canario enamorado? Viberti no estaba preparado para una noticia que le afectaba tan directamente. Durante un largo rato se dedicó a pensar que Simarro se equivocaba, pero estaba seguro de que no hacía bromas ni jugaba a las suposiciones. Opinaba más bien que ese secreto recién desvelado era el tipo de secreto que nadie osa desentrañar hasta que el propio interesado cae en la cuenta por sí solo. De no haber fallecido Canario, tal vez nunca se hubiera enterado. Y ahora, muerto y enterrado, le dejaba como herencia un pesar infinito, porque mientras revisaba en su memoria el recuento de tantas tardes el uno junto al otro en esa misma posición en que ahora estaba él solo y rebobinaba sus tertulias un punto dipsómanas, las pullas que se dirigían, tuvo que reconocer que, igual que el polvo en la barbería, también se filtraba en ellas un sentimiento que identificó como una especie de afecto seco, muy contenido. Se tenían estima o al menos eso sentía él por Canario. Tal vez supo siempre que en la dirección contraria llegaba un sentimiento similar, pero de índole más afectuoso. Una especie de veneración nunca confesada que podía confundirse con el amor, aunque él no lo supiera o no lo hubiera sabido aceptar.

De repente, sonó la puerta como si alguien quisiera abrirla. Las bisagras funcionaban mal y solo los muy duchos, los habituales, sabían que para abrir había además que empujar con el hombro en la parte superior, para que la parte inferior corriera, girase el mecanismo y Canario diera la bienvenida a las visitas. Tuvo que levantarse, más curioso que temeroso. Desde dentro era más sencillo abrir. Al otro lado, en la calle desnuda de la media tarde, encontró a un anciano. Eso le pareció al principio, al primer golpe de vista. Cuando profundizó en la naturaleza de su hallazgo, concluyó que el visitante tendría en realidad su misma edad, aunque cada año de los suyos valía por un mes de Viberti. Era propietario de una de esas caras a quienes la vida atrapa muy pronto y la condenan a envejecer a su pesar. Bolsas descomunales bajo los ojos, arrugas que parecían cicatrices surcando los carrillos y la papada, muy hundida a la altura de la nuez, y el escaso pelo en retirada, ceniciento más que cano. Y un aire general de derrota, de abandono, que habitaba en su indumentaria pasada de moda cien años antes, en sus anticuados ademanes, como a cámara lenta, en su también lentísima prosodia, otra reliquia. Su visitante masticaba las palabras. Le pareció el tipo adecuado para irrumpir en la mugrienta barbería de Canario.

—Buenas tardes, ¿el señor Canario?

—Buenas tardes. No, lo siento. ¿Puedo ayudarle?

—Me temo que no, caballero. Tengo que localizarle a él. Me dijeron que en esta barbería podría encontrarle.

—Y le dijeron bien, pero no puede atenderle. Acaba de fallecer.

Viberti soltó la frase suponiendo que no podía afectar a su interlocutor, porque si ni siquiera conocía a Canario, la noticia de su muerte apenas le perturbaría, pero sucedió lo contrario. El hombre flaqueó. A punto de sufrir un síncope, Viberti le ayudó a enderezar la estampa, le llevó arrastrando hasta la silla donde se solía sentar Canario, bien erguida en posición vertical, y buscó por algún lado un vaso de agua que no localizó. Cuando abrió el falso botiquín donde guardaba los licores apareció una sucia botella de coñá. Se giró para mirar al recién llegado, que le hizo una señal de asentimiento. Unos segundos después compartía el peor garrafón que Viberti recordaba haber ingerido en su vida, lo cual era mucho decir, pero que su visitante saboreaba como un néctar, paladeando cada trago. «Un bebedor de fondo», pensó. Y así se ganó su simpatía. Y también su interés. Le intrigaba su acento, un español americano cuyo país de origen no sabía precisar. Fue así como rompió el hielo.

—¿Argentino?—preguntó sabiendo que erraba.

—No, caballero. Uruguayo. El hermano pequeño. El pariente pobre del Cono Sur. —Y a continuación le lanzó la mano para presentarse—. Me llamo Barrutia, por cierto.

—Encantado, señor Barrutia. Yo Viberti.

Barrutia abrió exageradamente los ojos. Amagó con ponerse en pie, pero las fuerzas le continuaban fallando y se mantuvo sentado, aprovechando para examinarle concienzudamente. Un completo análisis que no le satisfizo. Esperaba otra cosa, lo cual solía suceder con Viberti, quien se preguntaba por qué el señor Barrutia esperaba algo de él. Bueno o malo.

—Qué casualidad y qué alegría, señor Viberti. En realidad, era a usted a quien quería localizar. Me dijeron que estaba desaparecido, aunque si alguien sabía cómo encontrarle, ese era el señor Canario. Siento su pérdida, por cierto.

—Muchas gracias, pero ha captado usted toda mi atención. ¿Se siente con fuerzas para responderme antes a media docena de preguntas? Luego le cedo el turno.

—Fuerzas escasas, pero suficientes.

Del interrogatorio al que le sometió Viberti salió Barrutia muy bien librado. Si había alguna sospecha rondando el pestilente espacio de la barbería, si Viberti abrigaba el temor a que hubiera algo turbio en una visita tan inesperada en un momento tan delicado, todos esos temores se fueron evaporando mientras se evaporaba también el coñá. A Viberti le seguía gustando cómo bebía Barrutia y pensó en él como un estupendo punto para la timba de Deusto si aún hubiera seguido existiendo. Y sus explicaciones sonaban convincentes. Había llegado a Madrid desde Montevideo siguiendo el rastro de una tragedia familiar que se disponía a relatar a Viberti, que de momento estaba más interesado en saber quién le había puesto sobre su pista. «Una mujer», le respondió. «La dueña de un bar en Madrid. Dijo que lo conocía y que usted trabaja para el alcalde. Y que si alguien podía resolver el problema con que llegué a España, ese era usted».

Viberti comprendió que Barrutia, empujado por algún azar, había acabado en los dominios de su ex y entendió más o menos el resto de la explicación. Cómo había llegado a ella se lo relató a continuación. «Me quedé sin un duro, como dicen ustedes. O a la cuarta pregunta, como se decía en mi casa cuando me marché. Había gastado casi todo mi dinero en el pasaje de avión y lo que quedaba se esfumó en Madrid, porque estuve mucho más tiempo del que pensaba y casi no me llegaba ya ni para pagar la pensión», le contó. Acabó durmiendo en la calle, donde una noche tuvo una idea.

—Yo había pensado que mi problema se resolvería llamando al timbre de algún ministerio, pero entonces entendí que sería mejor llamar a un Ayuntamiento —le desveló—. A mi Ayuntamiento.

—Es lo que están haciendo millones de españoles.

—¿Perdón?

—Cosas mías. Pero iríamos más rápido si se explicara con menos rodeos, señor Barrutia.

—Señor Viberti, tráteme de tú. Y no te molestes si te digo que si alguna vez dejo de hablar con rodeos, estaré tan muerto como tu amigo el difunto Canario.

Se rieron a la vez. Una risa floja y discreta, porque Barrutia estaba aún recuperando fuerzas y no quería malgastarlas en una carcajada que no iba a ningún sitio. Le explicó que cuando se quedó sin dinero peregrinó para dormir al raso en algún parque, de donde le acababan despachando los guardas, o en algún portal, porque se solía encontrar mejor protegido y había donde elegir entre los más enjundiosos de las más nobles casas de Madrid, aunque también de ellos le acababan expulsando sus porteros. Comprendió que tenía que elegir portales de edificios de menor relumbre y así cayó en un barrio que lo tenía todo para gustarle.

—Feo, feísimo, Viberti. No tenía nada especial, como yo, así que me sentía en casa.

—Conozco esa sensación. Es la antesala del cementerio.

Nuevas risas compartidas. Barrutia prosiguió. Guardaba sus escasas monedas para alimentarse más mal que bien y vagar por las diversas ventanillas de la Administración cuando tuvo esa feliz idea de rebajar la dimensión de su búsqueda y hacerla al por menor. «Pero seguía teniendo problemas», le informó. «Apenas me llegaba para malcomer algo cada día, pero no para el billete de autobús», añadió. Hasta que su fortuna cambió. Durmió una noche en la puerta de un bar que le pareció especialmente propicio para conciliar algún rato de sueño (recogido, apartado, con las dimensiones exactas para él y sus cosas, sus escasas pertenencias que bien recogidas le servían de manta y almohada) y acabó siendo despertado por una mano amiga que se interesó por su situación, le animó a entrar con ella en el bar, le dio de desayunar y, sorpresa suprema, guiño mayúsculo del azar o ambas cosas a la vez, le puso en dirección a Viberti. O hacia su intermediario Canario.

—Mi ex, claro —le respondió Viberti.

—La misma, Viberti. Una mujer muy interesante. Extraordinaria personalidad y un corazón de oro.

—Y una hija compartida. ¿Estaba la niña por allí?

—No, me dijo que ese día le tocaba estar con su padre. Está separada de nuevo, aunque imagino que ya lo sabías.

—Primera noticia.

—¿Te afecta?

—En absoluto. Lo imaginaba, de hecho.

—¿Eres adivino?

—Para según qué cosas, sí. Si hubiera un casino donde aceptaran apuestas sobre el porvenir que espera a quienes me rodean le hubieras tenido que pedir hora a mi mayordomo.

Las risas se fueron ampliando, gracias también a que el coñá había hecho sus efectos y allanado la incipiente relación. Con el recado de su antigua mujer llegó Barrutia hasta los dominios de Viberti, pero encontró el ayuntamiento cerrado justo cuando apareció por la ciudad. Un ordenanza muy simpático que en ese momento cerraba la impresionante puerta (Probo, pensó Viberti) le aconsejó que si quería dar con él preguntara donde Canario, aunque había oído que estaba enfermo o algo por el estilo.

—El resto, ya lo sabes. Te estoy abriendo mi corazón aprovechando que lo has anestesiado con ese brebaje al que invitas —le dijo.

—Que me sé el resto es mucho decir y no te ofendas. Me has contado cómo has llegado hasta aquí y toda la intemerata, pero no el motivo de tu viaje.

—Me desmentiré ahora mismo. No daré ningún rodeo.

—A ver.

—Me muero, Viberti. Yo también me muero como el difunto Canario. Y te necesito para irme en paz al más allá.

Viberti le miró con los ojos muy abiertos intentando descifrar la índole del anuncio que acababa de escuchar. Encontró a Barrutia mirándose en el espejo como si llevara mucho tiempo sin tropezarse con su cara y la estuviera reconociendo para ver si era de verdad la suya. Con la mirada le pidió Viberti alguna explicación adicional y obtuvo esta respuesta: «Mi hijo desapareció hace años, Viberti. Se lo tragó la dictadura de mi país y quiero que el Gobierno de este país, mi otro país, que también era el suyo, me ayude a encontrarlo. Empezando por el Ayuntamiento de esta ciudad, que una vez fue la mía». Viberti no respondió. Estaba preparado para alguna noticia bomba, pero no para una de ese alcance, de una dimensión excesiva para sus expectativas y sus fuerzas. Pero ahora quien le miraba fijamente era Barrutia, que le traspasaba con los ojos. Supo que no iba a aceptar un no por respuesta y quiso ganar tiempo.

—¿Vivo?

—O muerto, Viberti.

Viberti sospechaba que Barrutia le caería bien a Verdú porque el alcalde, como él, tenía predilección por los seres humanos convertidos en perros apaleados. Y de entre todos los pobres perros con quienes ambos habían tropezado por el mundo, el caballero uruguayo que se acomodaba en el sofá de Verdú como pidiendo perdón, con el culo al borde del asiento y las piernas muy juntas, chocando las rodillas entre sí, les pareció su favorito. Caía bien porque era inofensivo, una variante americana de Goñi, aunque cabía sospechar que con una apostura superior en sus buenos tiempos, lejanos buenos tiempos. Este Barrutia de hoy estaba al borde del precipicio. Lo de menos, se temió Viberti, era su enfermedad, fuera terminal o no. Tenía muy vistas a este tipo de personas para quienes la enfermedad representa el golpe definitivo, pero no el mortal. Sus auténticos males procedían de algún momento remoto, cuando ingería en su organismo el veneno que les acabaría matando. Siguió Viberti cavilando cómo le alcanzó a Barrutia ese infortunio desdichado y no le fue difícil adivinar que tendría que ver con la maltratada vida de su hijo, a quien bautizó como él, Miguel, y a quien perdió la pista en su atolondrada adolescencia, como les iba contando. «Era mi hijo, pero era un bala perdida», confesó. «Tenía un coño en vez de cerebro, con perdón».

La narración fue avanzando. A su auditorio se habían sumado Simarro y Lico, para sorpresa de Viberti, que no sabía qué pintaba allí. Escuchaban todos en silencio la suave voz de Barrutia, cuya trayectoria despachó en un par de frases. «Yo nací aquí hace mil años, pero no me acuerdo de nada porque era apenas un bebé cuando nos fuimos. Mi familia emigró a Uruguay buscando un futuro mejor. Fin de la historia». Se quedaron con las ganas de preguntarle si tuvieron suerte, pero algo (el sexo sentido, que diría Goñi) les indicó que era mejor no preguntar y dejar que Barrutia se explayara. Es lo que fue haciendo. Un relato sucinto, porque no quiso entrar en más detalles sobre los desaventurados pasos de su hijo, hijo único además. «Un día se fue y nunca más volvimos a verle», se limitó a explicar. «Luego supimos que se había metido en no sé qué partido de extrema izquierda», añadió, antes de aportar un detalle clave: «Hablo en plural porque entonces aún vivía mi señora». Del paradero de su hijo Miguel no tuvieron noticia hasta que, pasado un par de años, su mujer encendió el televisor a la hora de comer y allí estaba su foto. Lo habían detenido en compañía de otros miembros de un grupo llamado Frente Patriótico, acusados de asesinar a dos policías y de intentarlo con una patrulla militar.

—Ese día murió mi mujer y yo empecé también a morir con ella —recordó.

—¿Ese mismo día? ¿De la impresión?

Quien preguntaba ahora era Violeta, que se había sumado al público de Barrutia.

—Es una manera de hablar, señorita —le contestó—. Mi mujer enfermó de pena ese mismo día, quiero decir. Y nunca más se repuso. Mientras yo iba de un sitio a otro, de un penal a una comisaría, luego a un cuartel y vuelta al penal, ella se metió en su habitación. Dejó casi de hablar, luego de alimentarse y se volvió majareta, como dicen ustedes. Ya solo salió de allí para ir a la morgue.

—¿Las acusaciones tenían fundamento? —preguntó Verdú.

—No lo sé. Nunca lo he sabido.

—Usted dice que militaba en un partido político —terció Viberti.

—Eso nos dijeron, pero le confieso que en aquellos días tan turbulentos la línea que separaba al activismo político de la guerrilla era muy tenue. Sé que muchos la traspasaban, pero ignoro si fue el caso de nuestro Miguel.

Barrutia les contó que topó en sus indagaciones con un muro de silencio y más tarde con algo peor. Tuvo la sensación de que cuantas más dudas trasladaba a las autoridades con quienes trataba, más amenazado se sentía, como si la respuesta muda que obtenía fuera que más le convenía dejar las cosas como estaban. Pensó incluso que si su hijo seguía vivo también se sentiría amenazado en la celda donde lo tuvieran preso de enterarse de las persistentes pesquisas de su padre, la manía de preguntar y requetepreguntar, y acabó temiendo si no sería mejor dejarlo pasar, aguardar a que hubiera noticias de Miguel de modo natural.

—Pero eso era más fácil de decir que de hacer —prosiguió—. Sobre todo porque cuando llegaba a casa con las manos vacías y me encontraba con mi mujer interrogándome con la mirada, volvía a darle vueltas a la cabeza y no sabía cómo salir de aquel laberinto mientras ella se demenciaba.

—La pesadilla que se muerde la cola, sentenció Goñi, que había salido de no se sabe dónde para atender las palabras de Barrutia.

En otros momentos, esa manera de malear el idioma de Goñi hubiera desatado una carcajada general, pero las palabras de Barrutia habían espesado el ambiente de la estancia con una intensidad exagerada, hasta el punto de que a todos les faltaba ya el aire. Lo notó Violeta, que se levantó para abrir una ventana. Viberti observó que Barrutia aprovechó para mirarle el culo y se dijo que estaba ante uno de esos hombres que conocía bien. Conquistadores natos, que no abandonaban ciertos hábitos rijosos ni en el otoño de sus vidas ni siquiera en sus últimas horas. Fisgaría el escote de la enfermera que le administraba quién sabe si la última inyección, coquetearía con cada par de faldas que se pusieran en su camino aunque enfilara ya la dirección del camposanto y tendría siempre en los labios el piropo que una vez fue galante, pero que ahora carecía de sentido y solo recogía en quien lo escuchara una mezcla de asco y pena.

La luz que penetró en el despacho era la misma luz de siempre, la que tanto odiaba Viberti. Plomiza, desmayada, sin alma. Pero al menos un suave vientecillo ventiló la estancia y oxigenó el monólogo de Barrutia. Un soliloquio que le servía como desahogo y como examen de conciencia. También le ayudaba a reunir de nuevo todas las piezas del rompecabezas, en la vana pretensión de que por fin encajaran y alguna luz, la luz que les hurtaba la ventana, iluminara sus indagaciones y acudiera para salvarle. «Siempre fracasé», acabó por participarles. «Acudí a todas las instancias del Gobierno, incluso contraté un abogado que me costó un dinero que no tenía y también él perdió toda esperanza». Hasta que una mañana escuchó un noticiero por la radio. Acababa de enterrar a su mujer y el parte informativo, avanzando las novedades que traía la democracia a su tierra natal, despertó en él un interés nuevo, dormido hasta entonces.

—Fui a la embajada, la única ventanilla adonde no se me había ocurrido ir hasta entonces —les dijo—. Me atendieron estupendamente, pero también allí me quitaron la idea de la cabeza. Si mi hijo no había aparecido, vinieron a advertirme, podía estar seguro de que no era un desaparecido. Es que estaba muerto, cosa que por otro lado yo ya sospechaba.

—¿Y entonces? —preguntó Viberti.

—Entonces pensé lo que había pensado siempre y sigo pensando ahora. Que hasta que no vea su cadáver, para mí continúa vivo. Es lo único que pido. Que alguien me dé noticia segura de su muerte, sin más detalles. La imaginación ya la he puesto yo durante todos estos años. Unas veces suponía que lo torturarían y que pasaría un calvario, otras veces fantaseaba con que quiso escapar y lo mataron para que no huyera, o que lo adormecerían con alguna pastilla y lo lanzarían al océano desde un avión. Ninguna solución me satisfacía y todas me intranquilizaban, incluso hoy. Vivo con el alma suspendida. Algunas veces lloro.

Las lágrimas, observó Viberti. Llevaba un tiempo intentando escapar de ellas, de las propias y de las ajenas, pero le perseguían. De hecho, Violeta estaba llorando. Sus sollozos eran ya el único sonido que se escuchaba en la sala. Barrutia se había quedado mirando sus pies, muy fijamente, con si en la punta de sus zapatos residiera la clave para despejar sus preocupaciones. Verdú miró a Viberti, que le devolvió la mirada, como instándole a ser quien comandara el interrogatorio.

—Siento en el alma lo que nos cuenta, Barrutia, pero no sé qué podemos hacer por usted.

—Yo tampoco, si le soy sincero. Son ustedes mi última oportunidad. Mi familia salió de aquí con lo puesto. Una mano adelante y otra detrás, como decía mi abuela y dicen ustedes. Ellos formaban parte de ustedes y ustedes son poderosos. No hay más que ver este despacho. Si no pueden ayudarme, estoy perdido. Me moriré sin saber qué fue de mi hijo.

Violeta volvió a sollozar entre hipidos. Verdú se levantó de su asiento, lo cual inquietó a Viberti. Si se hubiera dejado aconsejar, le hubiera animado a que dejara pasar la historia de Barrutia. Ellos no podían hacer nada. Invitarle a comer un asado en Las Ventanillas, como solían con las visitas de mayor o menor fuste, buscar en tesorería algo de efectivo, pagarle una pensión y el billete de vuelta. Darle una mano de cariño, la que merecía, y decirle adiós desde la estación. Nada más estaba en su mano, pero Viberti conocía bien el ánimo del alcalde ante estas coyunturas. «Te crees Superman y eres solo un alcalde de un pueblo venido a más, pero pueblo al fin y al cabo», le avisaba. Verdú sonreía entonces, pero porfiaba siempre hacia adelante, como estaba haciendo ahora. Se dirigió a Violeta para que reservara mesa («Cordero para seis», le conminó) y comunicó a Barrutia lo que había decidido. A Viberti le alivió comprobar que no era el Verdú pomposo que temía. Las vanidades del poder no le habían atrapado. Era un Verdú jovial, animoso. El que conoció de gobernador. El que pensaba que podría arreglar el mundo en dos patadas o media docena de telefonazos. El que se disponía a anunciar lo que había decidido.

—Yo poco puedo hacer, Barrutia, pero cuente con ese poco. Conozco a unas cuantas personas en Madrid, en los ministerios, a quienes les voy a pedir que me devuelvan los favores que me deben. No le prometo nada. Solo intentarlo.

Barrutia pareció conforme. Se levantó del sofá, se dejó pastorear con mucho gusto por Violeta y abandonó el despacho con ese mismo aire dócil con que había entrado. La oveja más obediente de cualquier rebaño. Ahora formaba parte del de Verdú, miembro de una comitiva integrada por otras cinco personas cuya identidad sorprendió a Viberti.

—¿Mesa para seis? —preguntó a Verdú.

—Para seis. Nosotros dos, Barrutia, Simarro, Lico y Violeta, claro. Yo también me he fijado cómo le miraba el culo.

—Me parece muy bien. Lo que me extraña es lo de Lico. ¿Tienes algo que contarme?

—Todavía no, Viberti. ¿Y tú a mí?

—Tampoco. Pero se acerca la hora.

Violeta había tomado la costumbre de llorar, o amagar con hacerlo, cada vez que se mencionaba en su presencia a Barrutia, un hábito que exageraba cuando coincidía con él en alguna de las reuniones organizadas por el alcalde. También a ella, como a Viberti, le llamaba la atención que fuera convocado Lico, pero guardaba silencio, el mismo silencio con que el propio Lico asistía a su recién adquirida condición de testigo, invitado con privilegios o lo que fuera el papel que hubiera ideado el alcalde para él. Tomaba sus notas y desaparecía del ayuntamiento con el mismo sigilo con que aparecía por allí, como un espía. A Violeta le empezaba a cansar que también Goñi trajinara por el antedespacho con esos inquietantes aires de mago, aunque al menos en su caso su hartazgo se compensaba por el espíritu obsequioso que le distinguía, siempre con la sonrisa a flor de piel, el comentario amable, el gesto cariñoso. Todo mejoraba cuando Goñi estaba presente, lo cual no evitaba ese leve escalofrío que le recorría la piel a Violeta cuando coincidían, porque nunca lo veía venir y de repente se materializaba a su espalda, como salido de la nada. «Si yo tuviera veinte años menos, Violeta». «¿Qué?», respondía ella. «No me haga esas preguntas que me sofoco», contestaba él. Y seguía cada cual a sus cosas, que para Goñi se centraban esos días, desde que el uruguayo apareció en sus vidas, en mantener a Viberti como lo quería el alcalde. Un caballo retenido. «Ya te avisaré el día en que puedas soltarlo», le avisó. Y hasta ahora.

Ese Viberti a quien Goñi sujetaba en la casilla de salida, cargando energía como la dinamo de una bicicleta por el procedimiento de nunca de dejar de dar pedales, aunque sin moverse del sitio, tenía bastante del Viberti de toda la vida. Era su estado más o menos natural, cuando el alcalde pensaba que garantizaba un elevado porcentaje de éxito en sus gestiones. La metáfora del ciclista la aplicaba al conjunto de su gestión en el Ayuntamiento, para desesperación de Viberti.

—Esto es como andar en bici, si te fijas —le decía—. Te fijas un punto en el horizonte y te diriges hacia él, olvidándote de lo que salga a tu paso. Y sin mirar demasiado si vas avanzando o no.

—Como estrategia, me parece un asco.

—Pero tiene sus ventajas. Evitas hacerte preguntas. Como dice Simarro...

—Eficacia.

—Eficacia. Nuestro único dios.

—¿Y los principios?

—Como el valor en la mili, a nosotros los principios se nos suponen. No podemos pasarnos las horas dando explicaciones.

Esos diálogos fugaces, raptados en esos momentos en que ambos, pero sobre todo Verdú, iban y venían de sus ocupaciones, eran lo más cerca que estaban de las antiguas confidencias entre camaradas que presidieron su relación hasta entonces. A Viberti le escamaba que el alcalde se le escurriese entre los dedos cada vez que se acercaba más de lo conveniente, de donde deducía que seguía aplazando la conversación que tenían pendiente. Y tanto aplazamiento le llevaba a sospechar que cuanto Verdú tuviera que decirle contenía una trascendencia mayúscula, cuyo origen y consecuencias se le escapaban. Sentía lo que sintió tantas veces en el terreno sentimental: que la relación no daba más de sí, pero ninguna de las dos partes se atrevía a dar el primer paso. Y esa mañana en que Verdú le hablaba del valor en la mili y Viberti acabó conduciendo sus cavilaciones, como siempre, al territorio sentimental, se acordó de su ex, la fotógrafa. Le llegó al corazón un ramalazo de nostalgia que no había sentido desde que se fue con su hija. Hizo el esfuerzo de imaginarla en su actual ocupación, defendiendo un bar en un barrio anónimo de Madrid, y se echó la culpa, como hacía siempre. «Eres muy bueno arrepintiéndote», le decía ella para herirle. «Pero ya sabes qué pasa con el arrepentimiento, que no sirve de nada. Como el amor propio, es el sentimiento más inútil de nuestras vidas».

Todas sus mujeres, cuyos reproches sobrevolaban su conciencia todavía hoy, le tenían calado. Era la conclusión donde desembocaba Viberti cada vez que una relación fracasaba y entendía que era por su culpa. Tendía a darles a ellas, a todas ellas, la razón, pero también notaba que desde que dijo adiós a la enfermera y luego a Nieves, la razón empezaba a estar de su lado. No toda pero sí alguna porción. Era como si por fin supiera cómo absolverse a sí mismo, una enseñanza que aspiraba a que le fuera de utilidad el día que tuviera que enfrentarse a los reproches de Verdú y dispusiera de armas para defenderse y también para atacar, por muy alcalde que fuera. Notaba que esas sensaciones que le venían de manera incesante, como rompen las olas en la orilla del mar, para luego volver sobre sí mismas, mejoraban su personalidad en un doble sentido. Le hacían más sensible, y por lo tanto vulnerable, pero al mismo tiempo le dotaban de una fuerza interior que nunca le había acompañado. La clase de energía que le hubiera venido muy bien ejerciendo de periodista, porque le habría dado el valor suficiente para alcanzar el propósito central de sus días: que todo le diera igual. Que la vida, el valle de lágrimas que conocía bien, no le afectara. Era el estado por el que siempre había suspirado, que le alcanzaba por fin cuando tal vez no lo necesitaba, aunque quién sabe, se decía. «Si tengo que seguir diciendo adiós, necesitaré que mis fuerzas no flaqueen». Y cuando Goñi le participaba de las instrucciones que le encomendaba el alcalde, la idea de mantenerle como ese caballo ensillado a punto de salir al galope, pensaba que de nuevo el alcalde acertaba. Ese era su ánimo. Y entonces se preguntaba si su nuevo yo serviría a los objetivos del alcalde con el grado de eficacia que esperaba o si acabaría contrariando sus deseos. Uno de esos boxeadores que se niegan al tongo, deserta de su destino tramposo y tiene que salir huyendo de quienes le dirigían hacia una derrota que no entraba en sus planes y exigían cobrar su bolsa. El precio en que tasaba su honor.

—Un caballo retenido me dijo el alcalde y eso serás, Viberti.

—A tus órdenes, Goñi. Aunque si llego a saber que viniendo al ayuntamiento tengo que obedecer a tanta gente, lo mismo me quedo en el periódico.

—No te lo crees ni tú, con lo que disfrutas aquí. Y además allí nadie te echa de menos, valga la redundancia. Desde que te fuiste, el periódico tiene su propia indiosincrasia.

—¿Y por eso anda por aquí Lico todo el día? ¿A ver si me la contagia?

—Ni idea de a qué viene. Los designios del alcalde son inexpugnables.

Goñi le hablaba entre susurros mientras avanzaba por los corredores del ayuntamiento, donde creía ver a un infiltrado del viejo régimen en cada despacho, a un enemigo del alcalde en cada ventanilla y, lo peor, a un idiota en cada negociado. Viberti le tranquilizaba y también le reñía. «Parecemos policías, Goñi, deja de hablar entre dientes». Pero Goñi no se arredraba. Cierta vez le aconsejó Verdú que fuera discreto hasta no saber qué terreno pisaban por el ayuntamiento y hasta nueva orden esa sería su conducta. No dar pistas de sus tejemanejes y, sobre todo, atender a la instrucción prioritaria que le lanzó Verdú: «Tienes que protegerme de quienes bien me quieren». A su estilo de ardilla sagaz, Goñi cumplía a rajatabla ese mandamiento, obrando entre bambalinas para que la maquinaria municipal se engrasara cada mañana. Y cuando el éxito sancionaba sus quehaceres, aparecía triunfal por el despacho de Viberti (sobre todo, por el de Irízar que tenía ocupado), para pronunciar ante su jefe su frase favorita: «Así se las ponían a Fernando Segundo». Dicho lo cual, volvía a su destino en la imprecisa sección del ayuntamiento donde se desempeñaba: en la zona de sombra, en las ocupaciones inconfesables que solo alguien como Goñi podía ejercer sin pringarse.

—No solo eres la bondad andante —le decía Verdú—, sino que nunca te manchas los dedos.

—Gracias, jefe. Un honor ser su correveidile.

—De nada. Te voy a proponer al Nobel de la Paz.

—Prefiero el de Literatura. Ya sabe que no se me dan mal los sonetos ni los madrigales, valga la redundancia.

Ese Goñi que repartía felicidad a su paso era quien escoltaba ahora a Viberti de camino al despacho del jefe de Policía, el comisario Cabot. Con su pelambrera a la vista en el pecho palomo muy decorado de cadenas, caracolillos en el cogote, melenita inapropiada para su edad, alborotada al estilo de un director de orquesta loco, patillas de hacha y barba de prestamista, era el funcionario a quien más aborrecía Viberti, cuya jurisdicción tendía a evitar con éxito. Era un sentimiento mutuo y muy acusado. La mala baba con que Cabot trataba al resto del mundo, con especial predilección por tipos como Viberti, aconsejó a Verdú que Goñi le acompañara en la visita y también que el propio alcalde se mantuviera fuera del alcance de su en teoría subordinado. En la teoría, porque en la práctica Cabot, como el resto de miembros de la Policía Local, iba por libre. Indisciplinados, amigos de aplicar por su cuenta una nada ortodoxa versión del Código Penal que solo a ellos les beneficiaba, mantenían desde antiguo secuestrado el ánimo del conjunto de la Corporación, tanto de la actual como de quienes integraron las precedentes, mediante el recurso de explotar a su favor el desparpajo en el manejo de las armas que les distinguía, el acceso a los bajos fondos que era propio de su oficio y el resto de atributos que convertían a ese cuerpo en lo que Verdú llamaba «nuestro grano en el culo». «Si por mi fuera, liquidaba a la Policía ahora mismo», se quejaba. Y Viberti le reprendía. «Qué te lo impide».

Pero el alcalde dejaba que pasara el agua bajo el puente y encomendaba a su hombre de confianza el trato con Cabot solo cuando era inexcusable. Como esta vez en que el jefe de Policía anunció que por fin había noticias del joven Barrutia y como amenazó con presentarse en su despacho, prefirió que fuera Viberti quien recorriera el camino opuesto, con Goñi sujetando las bridas.

—Cuánto honor, el gran Viberti en mi despacho. Y acompañado del no menos grande Goñi, en su calidad de no sé qué. Disculpe, pero sigo sin enterarme de qué hace usted por el ayuntamiento.

—No se disculpe, Cabot. Que usted no se entere de nada es lo habitual en su trabajo, según tengo entendido.

Viberti tomó asiento sin esperar a que Cabot le ofreciera una silla. Goñi se sentó a su lado. A los dos les pareció que estaban en la sala de espera del dentista, pero Viberti recordó que en su nueva condición, con su recién adquirida energía mental para que todo le diera un poco lo mismo, se encontraba en situación ventajosa.

—Rapidito, Cabot, que se enfría la sopa. Novedades.

—Lo que se podía esperar. El alcalde movió sus hilos por Madrid, pero en ningún ministerio se esforzaron demasiado por complacerle. Me encargó que apretara un poco en el de Interior, donde tengo algún amigo, y por fin me han comunicado lo que se puede imaginar. El chico está muerto. De desaparecido, nada. Lo que pasa es que está sin identificar.

—¿Y todo eso cómo se sabe?

—Trabajo policial se llama la figura. Un compañero que conoce a otro compañero, que resulta que está de enlace en la Embajada en Montevideo, que conoce a no sé quién y ese no sé quién se pone a hacer preguntas. No ha sido difícil, pero tampoco sencillo. Lo peor, la diferencia horaria: cuando me llamaban por teléfono para ponerme al día, me pillaban durmiendo.

—Una lástima, señor Cabot —terció Goñi—. Espero que la llamada no fuera a cobro revertido, porque sería transoceánica y no está la Tesorería para disgustos.

Cabot había decidido ignorar desde el principio a Goñi y centrarse exclusivamente en Viberti. Dejó pasar la pulla que acababa de recibir y esperó nuevas instrucciones de quien estaba en condiciones de dirigirlas, el señor alcalde, por mediación de su jefe de prensa.

—O sea que está muerto, pero sin identificar —le dijo—. Cómo se come eso.

—Fácil, Viberti. Su tumba es el mar. El viejo Barrutia llevaba razón. Metieron a esos chicos en un avión, medio narcotizados supongo, y los dejaron caer en el mar. Hay una especie de registro, desde luego que no público, de quienes formaban parte del pasaje de esos vuelos y el hijo de Barrutia iba en uno de ellos. El que hacía el número seis, por cierto. El último. Ya no hubo más.

—¿Y eso?

—Y yo qué sé. Se les acabaría el combustible para los aviones o también les desaparecieron de repente los pilotos.

Viberti sostenía que, como enemigo acérrimo de la violencia que se consideraba, cualquier arrebato de esa índole debía contenerse a tiempo para que prevalecieran la armonía y la convivencia en paz. Le costaba meterse en peleas porque sospechaba que el número de ellas en que debería intervenir está medido en cuanto te bautizan y su cuota ya estaba harto satisfecha desde antiguo, pero también advertía con desoladora frecuencia que un puñetazo a tiempo era también un gran invento. Purificaba el aire embalsamado de algunas conversaciones, como la que mantenía con Cabot, y a su manera ayudaba a hacer justicia. Si se contuvo las ganas no fue tanto porque creyera que el policía no se merecía un guantazo como porque el daño mayor que le infligiría era de orden administrativo o jurídico y exigía paciencia y templanza. Tenía en su mesa un gordísimo expediente sobre las andanzas de Cabot en el filo de la legalidad o traspasándola, cortesía mitad Goñi, mitad Irízar (que también le tenía profunda ojeriza), y concluyó que la hora de que esos papeles viajaran a la mesa del alcalde para guillotinar la cabeza de su jefe de Policía había llegado. Sobre todo, cuando le despidió con otra gansada de las suyas: «Y por cierto, siento mucho lo de su amigo Canario. Se fue al otro barrio sin que le pudiéramos meter mano, en sentido figurado. En el otro sentido, tengo entendido que iba bien servido. Nunca le faltó un amiguito a tiro, aunque supongo que no sería su caso, Viberti».

Viberti se quedó mirando a Cabot, calibrando su respuesta. Notó que Goñi le tiraba de la manga de la gabardina porque tal vez temía su reacción y le animaba a retirarse, declarando nulo ese combate hasta entonces solo verbal.

—García Fernández.

—¿Cómo dice?

—García Fernández. Vicente García Fernández. Mi amigo se llamaba así. Y solo permitía llamarle Canario a los bien nacidos. Me temo que no es su caso. Usted no llega ni a matón de autos de choque, Cabot.

—Para usted, comisario Cabot, Viberti.

—Por poco tiempo, Cabot. Cierto expediente está ahora camino de la mesa del señor alcalde. Es una película de terror y usted el protagonista. En agradecimiento a que me ha dado el pésame, le devuelvo la cortesía y le daré un consejo.

—A ver.

—Que puede ir recogiendo sus cosas.

Cuando Goñi contó más tarde en Las Ventanillas la manera en que Viberti le dijo adiós a Cabot, encontró el eco que esperaba. Simarro pidió sidra achampañada, sugirió un brindis a la salud «de todos los mal nacidos como Cabot» y luego, animadísimo por los efectos de demasiados tragos, propuso también un brindis póstumo. Por partida doble. «Por el amigo Canario, que estará de radioescucha para nosotros en el cielo y seguro que nos manda señales». Y luego, dirigiendo el vaso hacia Barrutia, por su hijo desaparecido y enterrado en una fosa marina. «Para que no vuelva a suceder, ni en su país ni en el mío». Barrutia aceptó el gesto, pero siguió a lo suyo. Viberti le miraba de reojo beber tragos muy largos de un vinazo infame que le manchaban de negro la comisura de los labios. Mordisqueaba trocitos de cordero como si fueran la ración para todo un año y hubiera que gestionarla con sentido del ahorro y se refugiaba en sus pensamientos. Verdú lo había apadrinado. Estaba refugiado en la pensión de confianza, La Soriana, que fue su hogar recién llegado a la ciudad hasta que despacharon del Gobierno Civil a la familia del anterior titular, reacia a dejar su exclusivo piso cuyos gastos de mantenimiento y alquiler corrían a cargo del contribuyente, y había ordenado además a Violeta y la India que se ocuparan de entretenerle mediante el único pasatiempo disponible: pasear. Dar vueltas a la ciudad y volver sobre sus pasos, con alguna parada para el avituallamiento durante la cual no era extraño que Barrutia se echara a llorar y ellas le acompañaran.

—Pensaba que no había cosa peor que tener al hijo desaparecido y ahora me doy cuenta de que no era así. Esto es mucho peor.

—Pero al menos ya sabe qué fue de él, señor Barrutia. Ha dicho adiós a la incertidumbre, que tengo entendido que le asfixia a uno más que la certeza en estos casos.

—No sé de dónde ha sacado eso, señorita Violeta, pero le aseguro que no es el caso. Si supiera que mi hijo está bajo tierra, en una tumba sin nombre de un cementerio cualquiera, aunque fuera con pena yo hubiera descansado y podría decir adiós como él. Pero pensar que está en la profundidad del océano me revienta el alma. No puedo dejar de pensar en él, en sus últimas horas. Me pregunto si lo torturarían o lo durmieron para subir al avión. Preferiría esto último. Que no se enterara de nada o de casi nada.

Y luego de esta clase de peroratas, volvía a llorar. Violeta hacía pucheros, la India, por el estilo, y el trío avanzaba por la ciudad en su caminata ajeno a los comentarios que suscitaba entre los paseantes, porque parecían una especie de funeral andante que nada bueno presagiaba. Cuando ese mediodía llegaron los tres a Las Ventanillas para atender a otra invitación del alcalde, formaban en grupo así, como solían: Barrutia entre las dos damas, temiéndose siempre lo peor, fuera lo que fuera lo peor, porque se había acostumbrado a vivir como quien camina siempre hacia el cadalso, cuya antesala adoptaba para él la estampa sórdida de Las Ventanillas, con sus hules a cuadros, los porrones de vino con y sin gaseosa y las dos mujeres que le servían de escolta haciendo pucheros en sus labores auxiliares de ayudantes del verdugo titular, el ilustrísimo señor alcalde, ducho, entre otras habilidades, en el arte de dar malas noticias.

Varios tragos de vino después, a Barrutia le invadió la modorra y Violeta se ofreció a acompañarle a La Soriana en compañía de la India, que se dejaba ver ya con total naturalidad al lado del alcalde para que el vulgo la rebautizara con un nuevo apodo muy rico en mala leche: la Primera Dama. El trío abandonó el asador y poco después, como si la escena estuviera orquestada, se fueron también Simarro, Goñi y Lico. Se quedaron a solas Verdú y Viberti, que se encendieron un pitillo. Pidieron al dueño del restaurante, el señor Pereda, que despachara al resto de la parroquia y cuando él mismo desapareció rumbo a la cocina, Viberti disparó primero.

—¿No crees que me debes una explicación?

—¿Y tú a mí?

—¿Yo?

—Tú, listillo. Te traje al Ayuntamiento para que cumplieras tu papel a mi lado y no has hecho otra cosa que escaquearte. Siempre de mal humor, siempre arrastrando los pies, siempre a regañadientes. Tengo que pedirte cada día que hagas tu trabajo y tanto ruego me hace parecer más débil.

—Será porque las cosas que me pides no figuraban en nuestro acuerdo. Yo iba a ser jefe de prensa o algo por el estilo y a lo único que me dedico es arreglar tus entuertos, con Goñi vigilándome.

—Don Quijote y Sancho Panza.

Siguieron hablando durante un rato, bebiendo también. La charla se fue espesando, entrando en un ámbito delicado, el del reproche personal, al que ambos se resistieron aunque al final se abandonaron también a hacerse daño en ese terreno.

—Me engañaste con lo del Pico del Buitre y aún estoy esperando una explicación. O una disculpa —le lanzó Viberti a Verdú.

—¿Ves lo que te decía? El alcalde no pide perdón. Es el jefe, Viberti, el jefe máximo. ¿Pedías tú muchas disculpas cuando dirigías el periódico? Dime la verdad. Yo creo que ninguna. Puedo traer a Violeta como testigo para que me responda.

—O a Lico, que parece ahora tu perro faldero. Ya me dirás qué pinta aquí todo el santo día.

—Todo a su tiempo, Viberti, que no he acabado contigo. Tener que rogarte que hagas tu trabajo ha sido un contratiempo grave, que puedo tolerar. Que te marcharas con aquella tipa, la dama gris, y desaparecieras de improviso también te bajó la nota, pero te concedí el beneficio de la duda. Yo también tengo ganas a veces de pirarme y decir adiós a todo, pero me contengo. Lo que peor llevo, lo que no te tolero, es esa afición tuya a la dejación de funciones. Ni eres jefe de prensa ni eres nada. Para ti todas las horas son muertas. Te he puesto a trabajar en lo que se me ocurría pensando que así tal vez encontrarías la inspiración o la vergüenza que te faltan, pero ni por esas. Que me hayas decepcionado lo puedo asumir. Lo que llevo peor es que me siento herido.

Viberti aguantó el sermón como solía en el caso de que fuera llamado por el mánager a su despacho del periódico para reñirle por esto o por aquello. Se preguntó de repente qué sería de Barrutia el día de mañana, si preferiría extinguirse entre ellos o volvería sobre sus pasos para mirar desde la ventanilla del avión el océano donde reposa su hijo a punto de aterrizar en Montevideo y apurar sus últimas horas viajando hacia su particular fondo abisal, el extremo de su conciencia donde aspiraba a abismarse, en la profundidad del mar. Le dio tanta pena como gracia le hizo comprobar que también Verdú le afeaba su desempeño mediante el argumento de dejación de funciones, que describía muy bien cuál era su manera de replicar al mundo cuando el mundo le desagradaba. Ese natural instinto para vagar sin rumbo que se ponía en marcha para disgusto de sus jefes, concluyó, perdonándose a sí mismo un pecado que consideraba menor. El más grave era haberse dado cuenta, demasiado tarde, de que el vínculo de confianza con

Verdú, lo que fuera que les mantenía tan unidos, la espontánea conexión que permitió que simpatizaran a primera vista y justificó que le siguiera en su aventura como alcalde, se había desfigurado hasta ser casi inexistente. Se agarró entonces a ese casi como el hilo que pudiera permitir que el viejo vínculo reapareciese. Le dolía el sermón de Verdú porque le dolían todos los sermones, no porque descartara que llevara razón.

—Todos nos decepcionamos a todo, Verdú. Ley de vida. Pero ten en cuenta que solo decepcionamos a nuestros seres queridos, porque a los demás les damos igual, de la misma manera que ellos nos dan igual a nosotros. Ni les importamos ni nos importan, así que quédate con esa lección. Será señal de que nos seguimos teniendo afecto y que nuestra amistad, o lo que sea esto que nos ata, todavía resiste.

—Esa es la idea, Viberti. Ponerte trampas por el camino forma parte de esa terapia. Entenderás además que un alcalde no puede contarlo todo. Con estas pequeñas traiciones se fortalece la lealtad entre nosotros si eres inteligente y lo sabes digerir bien.

—Se llama resistencia de los materiales.

—¿El qué?

—Esto que estás haciendo conmigo. Me lo dijo el arquitecto Irízar según nos conocimos. Que el Ayuntamiento nos pondría a prueba, a ti el primero. El funcionariado y también el administrado calcula hasta dónde pueden estirar de nosotros y nos someten a ese tratamiento, el mismo que tú empleas para medir el grosor de mi fidelidad.

—Sobre tu lealtad no tengo quejas. Sobre la calidad de tu desempeño, bastantes. Lo que me lleva a pensar que cometí un error cuando te dije que me siguieras. Los demás se han adaptado bien. Violeta, por supuesto, pero también Simarro. Me ha sorprendido. Como si toda su vida hubiera estado esperando un cometido como este. Como si hubiera nacido para ser mi ayuda de cámara. Y Dámaso, igual. Y Goñi, que ha sido un descubrimiento. Incluso Irízar me cae bien.

—Pero yo no encajo.

—No, tú no encajas.

—La política no es para mí.

—Qué bobadas dices, Viberti. Lo que hacemos no es política. Es supervivencia.

—¿Y esto es un adiós?

—Contigo me voy a poner cursi, Viberti. No es un adiós sino un hasta luego. Como la letra de un bolero.

—O de una ranchera. Suena igual de relamido.

—Sonará como quieras pero tiene la virtud de ser verdad. Estoy seguro de que nos seguiremos viendo.

—Me das la patada con anestesia.

—Sí, claro. Vino tipo trilita en porrón, la sidra de Simarro y estos copazos de coñá. Si aún no estás dormido, te lo comunico oficialmente: estás despedido. Recoge tus cosas como le has dicho antes a Cabot y mañana te presentas en tu nuevo destino.

Estaba todo en efecto orquestado, concluyó Viberti mientras atendía la fase final del discurso de Verdú. El cocinero surgió de repente desde la cocina para allegar otra botella y otro par de vasos y quedarse de plantón junto a la puerta, por donde apareció Lico, acompañado de Honorio, igual que cuando fueron a buscarle a la Residencia Helvética y le sorprendieron atacando una habanera en el Café Roy. Se sentaron a su lado, como sombras. O como si lo fueran a detener. O como si se asegurasen de que no se daría a la fuga cuando Verdú le desvelara cuál era su nuevo destino.

—Vuelves al periódico, Viberti. El director ese que pusieron también está recogiendo el petate para que tú ocupes su puesto. He pedido a Lico que estuviera estos días con nosotros para que te ayude con la transición. Empieza por publicar lo del uruguayo y volverás a ser tú mismo.

—¿Una orden?

—Un ruego. Cuando lo ejecutes, dejarás de sentirte superior a mí y volverán los buenos tiempos. Hasta entonces, como te decía, hasta luego.

—¿No me buscas sustituto?

—No lo hay. Eres imprescindible porque eres único.

—Brindo por eso.

También Verdú alzó su vaso mientras buscaba una respuesta para la pregunta que le lanzaba Viberti:

—¿Y tú, no te estás decepcionado?

—He aprendido a manejar mis ambiciones para ajustarlas a la naturaleza de este puesto.

—Buena respuesta, aunque suena a mentira. ¿Y ya te has cansado?

—No, no es eso. Ya te digo que estoy aprendiendo a rebajar las expectativas.

—Como los anteriores alcaldes.

—Con una diferencia. Sigo queriendo cambiar las cosas, pero voy a empezar por los detalles. La letra pequeña. El Pico del Buitre, el director de cine, el uruguayo... Meter en cintura a Ortuondo. Éxitos menores. Lo que no pienso hacer es lo que haces tú. Aparentar. Hacer como que haces. Y te sugiero que dejes de hacerlo. No se te da bien. Y otra cosa más, por cierto.

—¿Es que hay más?

—Siempre hay más contigo. Deja en paz a Ponce. Ya sé que sabes que ronda el asilo y que ha organizado alguna timba con los internos. Y que su hijo es tan golfo como el padre y nos dará algún dolor de muelas cualquier día de éstos. Pero no le toques las narices. Lo necesito donde está ahora y si te pones a enredar, me desbaratas el plan.

—¿Tu plan?

—Mi plan. Quiero que siga pensando que es importante en la ciudad. Si te entrometes, se activará. Y me gusta más en su actual estado, medio dormido.

Viberti se quedó mirando el fondo del vaso, como si quisiera interpretar su destino en las gotas que sobrevivían. Afectado por las palabras de Verdú, pensaba en sus miserables aventuras recientes, las que había enumerado el alcalde. Ortuondo, la Residencia Helvética, Ponce y su hijo... Pensó también en su ex y en su hija. Llevaba días pensando en ellas. Tuvo entonces unas terribles ganas de llorar que prefirió no aguantarse. Estaba cansando de aparentar lo que no era. Decidió que dedicaría el resto de su vida a hacer lo que mejor sabía hacer. Esperar. Dejar de fingir. Solo esperar.

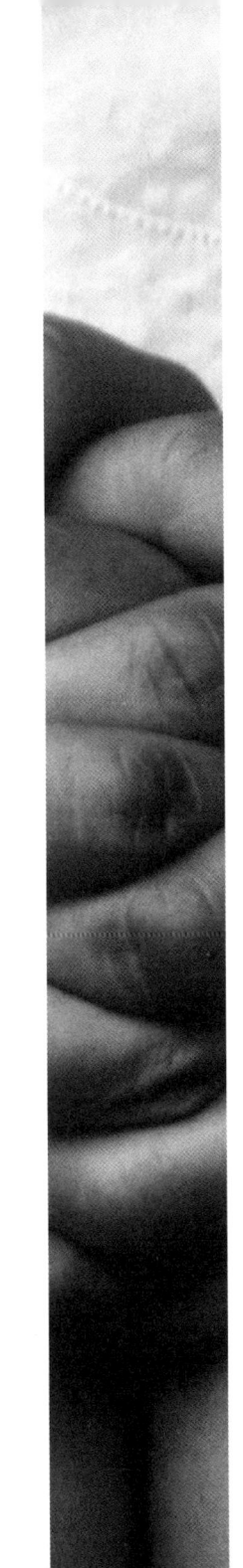